鹅鹅鹅

二冬 著

中国華僑出版社
北 京

目　录

第一章　梨花带雨

第二章　三只毛毛虫

第四章　叮叮当当

第五章　落叶知秋

第六章　隐秘的现实

第七章　“昆虫”研究

当我意识到一切皆虚无的时候，

才慢慢感受到存在——唯有此刻，此刻有光，此刻坐在炉子旁。

第一章

梨花带雨

鹅 鹅 鹅

养了另外两只鹅后才发现，幼婷在鹅群中，算是很漂亮的母鹅了，身材比例匀称，脖颈线条很精致，腿又长，额头的冠也大小适中；毛很白，很干净。最重要的是，下过蛋后，下腹的蛋囊竟然不会像其他母鹅那样下坠。这个太少见了，大多母鹅下过蛋后，蛋囊都是像一块被抽空了脂肪的赘肉，松松垮垮地拖在两腿之间，非常难看。

新添的两只鹅，其中一只也是母的，但形象气质和幼婷比起来，就显得笨拙很多。鹅在小时候很难判断公母，只有到了成年，根据头顶的肉瘤大小，以及臀部的宽厚才能大致猜出性别，但新添的这只鹅，直到下了个蛋后，我才诧然发现，它是只母的。确实长得太女汉子了，很肥壮，脖颈粗大，腿又短，往那儿一站，屁股都快拖地了。更混淆判断的是，这只母鹅头上的肉瘤，竟然跟公鹅一样大，这就尴尬了——最关键的性别特征模糊了，只有亲眼看到它下了个蛋，我才敢下判断。

这只母鹅身材粗壮，性格却很细腻，常常独自伫立，失语发呆。有一次，我在屋里写东西，看见它在门外站着，像按了暂停键，几十分钟，我都写累了，它还像个道具一样静止着，直到我走过去冲它双手一拍，大喝了一声，才算给它解了穴。有时候我挺好奇的，不知道这只呆头鹅在思考什么，时常看到它扭转脖子，一只眼睛朝上一只眼睛朝下那样偏着头看天，感觉它比另外两只鹅，似乎更想了解这个世界。

不过鹅确实挺呆的，呆到蠢笨令人叹息的程度，不然也得不到“呆鹅”的称号（驴应该也确实很“倔”）。鹅脖子很长，跟长颈鹿的比例很像，两只眼睛被脸从中间遮挡，就像把人的双眼挪到两只耳朵的位置上，所以走路永远只看左右两边，脚下有什么盆盆罐罐的，全部都能踏翻。有

时候吃了一半的饭碗儿，一转身就踩进去了，还把自己吓得惊慌失措，以为踩到了什么暗器，这样的滑稽窘迫感，令人哭笑不得。鹅掌很宽大，特别容易粘泥，下雨天如果路湿多泥，在外面走一圈，回来一只脚能粘一斤泥，走起路来，像绑着两个沙袋。鹅的唾液很厉害，地面被鹅啄出的坑，自带防水功能，下雨天存的水，很长时间都不会渗。

好像很多动物都是双性恋。母鹅和母鹅常常叠在一块，有时候母母，有时候公母，有时候公母母，很混乱。动物在性上，是没有羞耻心的，鹅、鸡都一样，早中晚，春夏秋冬，不分昼夜寒暑，随时随地，而且这般不懂节制，竟然也不肾虚。

公鹅交配母鹅，我第一次看见时，很震撼。那天下午，阳光很好，一只母鹅骑在另一只母鹅背上，叠罗汉那样，互蹭臀部，蹭累了，就换公鹅踩上去。我觉得下面那只母鹅，刚开始肯定以为公鹅也只是蹭一蹭，酥酥麻麻的就完了，但没想到公鹅坐稳后……于是母鹅被击中的瞬间，“嘎——”的一声惨叫，像是被箭射中了肋骨般，挣扎着想站起来离开。与此同时，公鹅张开尖嘴用力猛啄母鹅的头，死死地按住惊慌失措的母鹅，直到那东西慢慢缩回，才松嘴从母鹅背上下来。

相当震撼。那可能是两只鹅的第一次，因为后来再也没见过母鹅那般惨叫过。

鹅每年能产六十到一百个蛋，下蛋的季节，基本可以保证两天一个，很卖力，冬天也不忘工作。鹅蛋很大，仅是蛋黄就有一个鸡蛋那么大，只是很多人说鹅蛋草腥味重，不怎么爱吃。但我并不觉得有什么腥味，我都炒来吃，跟鸡蛋没什么区别。鹅蛋皮比较厚，壳很硬，据说孕妇最后两个月吃上三五个鹅蛋，有解胎毒的作用，但什么是胎毒，到底有没有用我也不懂，只是“据说”，不过反正也没副作用。

母鹅每年到了孵蛋期，会在窝里卧上一个月，非常辛苦的一段时间，几乎不吃不喝，白天黑夜在窝里卧着。因为我不太想再添小鹅了，所以每次鹅在抱窝时，我就会过去把鹅蛋拿走，让它空卧着，也是希望它能早点意识到根本没蛋的事实，下窝会早一些。但每次孵蛋期，即便怀里空空的，母鹅也会坐满一个完整的周期。这很给我启发，突然就理解了女人到了哺乳的年龄，为什么会有想生孩子的冲动，那应该就像鹅孵蛋，完全来自生理的本能。

幼婷头一回抱窝，屁股下面坐了四个蛋，那时只有幼婷一只鹅，没有公鹅受精过，所以蛋也是没法孵化的，于是我就放了几个受过精的鸡蛋在它屁股下面让它孵，但可能是鹅跟鸡的孵蛋期时间长度不一样吧，小鸡刚破壳就被压死了（**也可能是我放的时间晚了或者其他原因，按说鹅应该是可以孵出小鸡的**），很血腥，从那儿之后，明显感觉到幼婷没以前那么温顺了，性情大变，变得非常冷漠，叛逆，不可理喻。

刚上山的那年，我用画框和画布，给鹅搭了鹅棚，还捡了很多木棍儿在鹅棚周围扎了个小院，开始那些小棍围扎的小院还很有用，很长一段时间，它们都待在里面，直到幼婷试了几次，发现可以跳出去，那个小院就再也挡不住它们了，一会儿没看好，就会飞出来，把院子里的青菜吃个精光。挺可恨的，你知道辛苦种的菜还没长成就被鹅扫荡一遍的惨痛吗？令人愤然。然后我就把鹅棚拆了，把它们赶到了院子外面。

赶到外面生活的三只鹅，就像三台割草机，不出一个月，附近能吃的叶芽，基本都给吃光了，弄得我在院外种的花都长不起来。有时候觉得它们对花和草也没分辨能力，忍忍也就算了，但后来直接跑到我苞谷地里，把刚发芽的苞谷苗当零食，这就忍无可忍了，气得我把它们三个关禁闭惩罚了一个多月。然而，放出来后发现，严刑酷法并没有什么用，鹅脑容量小，不像狗，你揍它、惩罚它，它便知道问题所在，知道你的愤怒，知道你的底线，但你要跟鹅较劲，鹅就会觉得，全都是你莫名其妙地欺负它，把你当坏人。

鹅除了吃草，还吃我喂的粮食，最初是麦子，但麦子颗粒小，价格也高，消耗很大，后来就换成了玉米，但鹅好像并不怎么爱吃玉米，后来每次给狗撒狗粮，鹅都伸着脑袋跑过去抢，我才发现鹅最爱吃的是狗粮。但鹅也不白吃狗粮，看门比狗灵，一般有陌生人靠近，都是鹅先发现，嘎嘎嘎地叫，之后狗才跟着喊。

三只鹅，在院子里，走起路来一排排，很从容，很好看，但祸害我菜地，拉得满院子屎的时候，也很讨厌。并且，它们每天都比我起得早，一个个太阳刚出来就堵在门口叽叽嘎嘎要吃的，跟闹钟一样吵。每次我早晨在被窝里蒙着头被鹅吵醒时，就很后悔，觉得如果以后再养鹅，一定会

选择只养一只鹅，一只鹅会因孤独、没有安全感而跟人亲近，没那么蛮横，也没那么吵闹。只是最近听说鹅的寿命有三十到五十年，个别条件好的，还能活过百岁，感觉是不会给我“如果再养一只”的机会了。

躲 猫 猫

和老鼠打交道，几乎是住在山里最常见的事了，就像夏天的蚊子。

看过我书的读者都知道，第一只猫我没养好，养成了贼，我对猫很失望，猫对我也很失望。相互断绝来往之后，有段时间，好几次有人要给我小猫，我都没有要。所以最终决定再养一只猫，可以说完全是被老鼠逼的。

山里的老鼠，比农村的更肆虐，房顶墙角无所不在。那段没有猫的日子，每天早上醒来，厨房里都有老鼠爬过的痕迹，特别讨厌。并且一到晚上睡觉，我就能听到房顶的隔板上老鼠“轰轰隆隆”爬过的响声，每次都赶在我睡觉的点，“轰隆隆隆隆”。大概是在我房顶隔板落户了吧？听脚步轻重，应该四世同堂，一大家子。只是楼上的邻居下班 High 的时间跟我睡觉的点赶到了一块，实在让人心烦。所以刚开始响动时，

我会假装吼两声，意思是我还没睡着呢，别那么嚣张。正在奔跑的老鼠听到我的声音，也果然吓了一跳，确实站着待了好久。可等了半天，也不见有什么后续，就又放开手脚，来回奔跑，气得我只好从被窝里站起来，找个棍子对着房顶使劲敲。次数多了，我敲一阵儿，老鼠就歇一会儿，我躺下来，老鼠就开始High，High到隔板震颤，房顶掉土，非常有节奏感。

看来“躲猫猫”这么让人着急的事，只有猫能跟老鼠玩。我非要加入，就只能不停地被羞辱，一局都赢不了。

和不怕蛇一样，我个人也不怕老鼠，可它在做饭的案板上爬来爬去，啃坏柜子，偷吃食物，还在上面拉屎，就让人很难接受了。更无法容忍的是，老鼠自带很多病菌，其中有一种很常见的传染性疾病“出血热”，就是老鼠传播的（大概是携带那种病菌的老鼠爬过的食物被人吃到后，就会被传染）。我曾试过粘鼠板、老鼠夹子、捕鼠笼、超声波驱鼠器，还差点买了高压电捕鼠器，但都不能解决根本问题。只是粘鼠板，我都粘了有七只；捕鼠笼也逮住过两只，两次都是我将诱饵放在房顶上逮到的，并且都是在发现时，饿死在了笼子里。（大概是认定了它罪恶的存在，这要是一只狗，被关起来饿死了，那种惨状，会让人不安几个月，但一只老鼠被这样饿死，就觉得死有余辜）。超声波驱鼠器，我也试了，但据说那个东西，在驱赶老鼠的同时，可能还会影响到人的生育，吓得我买回来用了一天就扔了。老鼠药不敢用，毒性太大，怕狗误食。印象中，农村经常有一些妇女，跟老公吵架，一赌气就不想活了，喝老鼠药，仅我见过的村口诊所给人灌肠洗胃的，都有很多次，大概是因为喝药、跳井、上吊，是自古延续下来的。这也是实在没得选择，自焚的容易被认为是邪教，所以不能选；割腕挺小资的，农村妇女没那情调；跳楼是新时代的风向标吧，但村里最高建筑也就两层，所以来来回回，也就喝药、跳井、上吊。高压电捕鼠器，最终没有尝试，因为我对自己的记性实在没什么信心，担心一觉醒来忘了昨天设置的埋伏，把自己电击了。

最后不管我怎样跟老鼠斗智斗勇，始终看不到效果（老鼠太聪明，每样捕鼠工具，它们上当几次，就会完美避开了），越捕越多，似乎附近的老鼠都要跑来挑衅我。实在没办法了，终于被迫决定，再养一只猫。

晴 晴

//

去年养这只猫，本来没名字，有天多多（我小侄女）说："爹爹，我给这只猫起了个名字，叫'晴晴'。"我说："好，以后就叫它晴晴。"不过虽然它有了名字，我还是习惯直接叫它"猫"。

晴晴，听起来一点儿都不像个男猫。不知道多多怎么想的，四岁的小女生，脑子里怎么蹦出来一个名字叫"晴晴"呢？也许是在动画片里听到过，也许是班里某个同学的名字，也许真的就是她脑子里看到那只猫最直接的反应。就像高非的儿子有天突然对他奶奶说，不喜欢自己叫"果果"，就自己起了个名字，叫"三梨"，三梨，像个笔名，听起来很有佛性。两三岁的小宝贝脑子里想的东西，实在出人意料，挺难代入的。就像我永远无法对熟悉的东西带着陌生感去看，比如"已知"，比如这排文字，在我不认识字时看到它们，是什么样的呢？

“排”，看起来好多刺。

晴晴和上一只猫一样，还是村里邻居家那只母猫生的，只不过是第二代，升级版。这只猫从小就很乖，也偷吃过，也挨过揍，但懂得事出有因，都不会记仇。有判断力，这对一只猫来说太重要了，不像上只猫，毫无底线，本是它先伤害了人，人回击，它还记恨。

晴晴被抱过来的时候，小宝（狗）也才两三个月大，一起成长的猫狗，关系都不算差，整个冬天都是相拥而眠，互相取暖。只是猫咪取暖的方式，说出来有点不忍直视，刚开始我也很单纯地认为，可能是太冷，猫

咪只是喜欢小狗肚皮的温度，所以睡觉时会整个贴在小宝肚子上，但后来慢慢越贴越紧，直接钻到小狗裆里了。并且，还时不时埋头有节奏地在狗狗的下体上嘬，发出酣畅的吮吸声。这下我没法用“仅仅只是取暖”说服自己了，忍无可忍，生拉硬扯把猫给拖了出来，丢到一边。但是没过多久，猫又习惯性地钻到小宝裆里，埋头酣畅地嘬嘬嘬嘬嘬……

直到有一天，我又一次将猫拖出来时，小狗斜躺，两腿岔开，胯下两排绿豆大的小奶头暴露在眼前，我发现其中一颗明显比其他几颗大了一圈，都嘬肿了。于是恍然长叹，原来小猫把狗温热的下腹当老猫胸怀了，是在吃奶啊！

真吓人，幸好偏了几厘米……

虚惊一场。

人对猫的审美有两种，一种是萌，囧呆可爱；一种是美，令人愉悦。和狗不同，狗除了萌、美之外，还有酷。当然猫也有酷的，只是酷起来，有点面露凶相，就不太招“人”喜欢，毕竟“宠物”这个词，本身就带着消费性的初衷。

晴晴属于比较干净温顺的公猫，很喜欢在我腿边蹭，如果有根线，每天都能把我缠上好几圈，甚是黏人。互联网社交里，人对猫的爱，和对狗、禅佛、古琴、灵修、瑜伽、传统文化等这些的爱，性质差不多，多数爱的都只是与之对应的道德优越感。一般只要跟猫有关的，表现出爱猫的明星，都会很受欢迎。如果一个人长得帅，爱老婆爱猫还爱做饭，基本就舆论一边倒狂赞了，久之，猫就成了爱猫者的道具。

就像“古琴”对很多人的意义都只是一个道具，秀一秀自己高大上的古典气质，很少有人真正爱古琴，即便是爱，也很少有人能真正懂。瑜伽、禅佛、灵修、传统文化的需求也一样，对应的都是他们想要的个人形象附加值（所以禅佛、古琴、灵修、瑜伽、传统文化、猫，这些道貌岸然的东西，总是容易厮混在一块儿）。比较极端的，出于“标榜”感悟自然的慈悲心，声称院子里长满杂草都舍不得除，小草草也是有生命的……太浮夸了！

大概是出于动物性本能，猫在睡觉的时候，很喜欢靠着东西卧，如果有摞书，就靠着书，如果有个凹陷的容器，那就更好了，如果凹陷的容器里面又很柔软，基本就可以称为“爱巢”了。猫对巢穴的需求和人一样，都是源于丛林社会里和生存有关的安全感，躲在一个洞穴里休息，一定比躺在平地上，前后左右都暴露给敌人更踏实。只是不知道猫在驯化之前的窝是什么样的，鸟的巢穴没变，还是树枝，人类最初的卧室是山洞、蒲草，不断升级之后，就有了床、大床、坚固安全、温馨柔光、清新干净的大床房。其实还可以再往前推进一步，在吊床上晃的时候我就在想，小宝宝喜欢慢慢晃，摇摇晃晃就被催眠了，其实成年人本能也是喜欢那种重复的，只是没那么大的摇篮给他晃。所以，为什么没有人做一款成人电动摇篮呢？坚固安全、温馨柔光、清新干净、电动摇摇大床房？

猫的残忍很原始，爱吃肉，更爱吃生肉，最好是活吃，半死不活的，口感就差了很多。经常看到猫逮了只虫子，或者老鼠，用牙咬一下，或者用爪子拍，弄残，放走，再扑过去，再拨弄，反复体验捕捉的成就感。

被玩的那些小虫子，绝望得都不想再逃了，直接双臂展开，躺在地上等吃。

晴晴小时候被母猫喂过老鼠，本性被激活过，偏爱生肉，只要有点腥味，就很兴奋。小宝（狗）最近被拴了起来，就是因为养成了偷吃邻居家鸡的习惯（我自己养的它不敢），成了村里的祸害，我觉得应该就是因为在它小时候，我买鸡煲汤，把鸡头丢给了它，它的兽性被激活了。

不过我养猫的目的，就是用来捉老鼠的，偏爱血腥味，放在捉老鼠这件事上，就从来不让我失望。有一个常识，狗只要咬人一次，以后就会经常咬人，咬过人的狗，看到人，牙会发痒，就想沾点血腥味。猫吃老鼠也是如此，那些“躲猫猫”的老鼠，藏了几个月，基本都被晴晴吃掉了。

而最让我欣慰的是在偷吃我口粮这件事上，晴晴也没有像上只猫那样令人崩溃。上一只猫，反复偷吃，蹂躏我，是我对它失去信任的根本原因。晴晴开始也顺着香味钻到厨房想偷吃，但数次落空后，就没再想着偷吃了——因为，我有冰箱了。看来猫性都是一样的，温厚乖顺或是偷吃作恶，还是取决于我。

篱笆花墙

去年糯糯买了十几株花让我在篱笆周围种一圈，说会特别好看。我问她是什么花啊，她说在淘宝买的藤本月季苗，还发效果图给我看。我一看心都凉了，拳头大的红色月季球，密密麻麻，像爬山虎一样挂满墙头，太丑了，满世界的欧陆风情。不是说爬藤月季丑，而是说它开的地方不对。就像长安城里的徽派建筑，爬满铁栅栏的月季花，开在欧洲小镇，就是一种极致的浪漫。但在西安，终南山上，有这么一道粉红色的花墙，就会很突兀。但又不好拒绝啊，所以就只好一手捂着胸口，一手将那些爬墙月季苗，围着篱笆栽了一圈，栽完还在心里发愿，要是我不好好浇水，它肯定活不了。

肯定活不了，刚开始几天，我每次看见那些月季，都会这样想。但这些月季好像故意跟我过不去，一场雨过后，就吐着舌头，开始疯长。不到一年时间，绿色的叶子就挂满整个篱笆墙，郁郁葱葱。

买回来苗的时候，淘宝说明，表示第二年就会开花。五月初我突然想到这个，早起开门喂狗，侧目研究，果真一串串黄豆大小的花骨朵，像满天星一样多。这太快了，快得让人紧张，不应该是三千年一开花、三千年一结果吗？或者昙花一现，或者晚上开，白天收起来最好了。

当它开出第一朵的时候，是一个太阳快要落山的傍晚。白天，五月的太阳对着篱笆墙东面吹了一天的热气，快到晚上时，竟然吹开了花——一朵小小的、白色的五瓣花，裹着淡黄色的花蕊，开在满墙绿色背景的叶片上。我以为看错了，不是红色的大月季球吗？这是白色的小蔷薇啊。不是花苞还没开好吧？还是就这一株买错了？

带着一点点不确定的小激动，我一觉睡到第二天上午九点。

五月的太阳，七点多就照在篱笆墙上了，我拉开窗帘，一晚上的时间，门外就多了很多个白色的星星点点。这太棒了，一直以为会是那种开满粉红色拳头大的爬藤月季，没想到花开的时候，每一株都是白色裹着黄色花蕊的

小蔷薇，这真是开给我强迫症的良药。

然后我就拍了好多照片给糯糯，带着窃喜说：“你给的花开了，很好看很香。”过了半天她发了个淘宝图片，满屏失望：“怎么是这样的？被骗了。”

我说你把那家店复制分享给我，我给他个五星好评，然后再送一面“一心为民，共筑和谐”的锦旗。我应该是在淘宝买到假货最开心的顾客了。

这真好，南方像南方，北方像北方，每个物体都有它所散发的气息，每个意象都有它所对应的词语，所以美学才有地域性。我宅也一样，只有山野味的花，才配终南山的篱笆墙。

叫个春，写写春天的花

大概是和我生长的村庄有关，小时候我家院子里就有种很多花，一院子的春意，月季、玉兰、美人蕉等。我记性不好，小时候的天空和树荫都记不大清了，唯独一些味道，和记忆始终绑定在一起。声音和味道都很有魔力，初中的时候看《流星花园》，现在要是突然响起“陪你去看流星雨”，依然能瞬间把我带回那个传纸条的教室。

味道的魔力，一点儿都不逊于音乐，一种香味一样可以把人瞬间带入一个情境里，比如我一闻到鞭炮味，就会想到过年，闻到油菜花香马上就想到小学校园的后操场。在我的记忆里，桐树花和油菜花，都有小学后操场的味道。每当春风拂面，夹带着桐树花或油菜花的香时，少年时代的记忆，就有着显微镜下的叶脉一样清晰的质感。

山上从三月桃花开开始，各种花就没断过。很奇怪，同一块地，四月是星星点点小蓝花，五月是小黄花，然后是蒲公英，到了六月又是小白花，一直到十一月遍地小野菊。大家好像商量好似的，你开完，趴下，我开，一拨一拨的。同一块地，所有的种子，都生活在一起。倒是幸福了我，每个月都变换着不同的装饰。

院子里养的有鸡有鹅，就不像那些肆意生长在小路上的小花那么多，因为鸡和鹅几乎全部的生活，就是在院子里低着头，找绿色的嫩芽吃，所以我院子里的花，就像亚马孙蝌蚪，能活下来的，全靠概率。去年专门买过很多小野花种子撒，一千克的花种都撒上去了啊，最后活下来的竟然只有十几株。

宿命，有点像战争。

糯糯喜欢波斯菊，就在鹅圈周围种了很多。但我不太喜欢，总觉得波斯菊太女性化了，红的、粉红的，很柔美，阴柔之美。三五枝还行，很精致，但大面积的话，我还是喜欢红色之外的花，白色、黄色、蓝色、橙色都可以。粉色就算了，总觉得要是种一院子的粉红的花，就像在一个大老爷们卧室里贴上很多小粉心，还有好多个 Hello Kitty。所幸的是，前天，不是花的原因，真的不是花的原因：鹅圈拆了。

我种过好几种花，后来发现，山花之所以美，完全是因为它有山野之气。去过城里的花卉市场，太难受了，温室的植物，一个个被养的，塑料一样绿。没有人觉得那些植物绿得分不清真假吗？花开得也很不自然，就像养鸡场的饲养鸡，生来就只为开花。花卉市场的空调温度很高，透不过气，热得我都想赶紧离开，花在里面多委屈，也能想象了。

那天糯糯解救了两盆水仙、一株玫瑰，带回山里，放到案头，拉开窗帘就能晒到太阳的位置。它们晒太阳，我就坐在旁边写字、闻香。

我不懂花语，总觉得花语对花赋予的含意，限制大于它的价值。我只凭直觉去判断一种花的喜好，并且有着不可理喻的苛刻。比如肉厚蠢笨的花，我就不太喜欢，像马蹄莲、百日草。我觉得花应该娇嫩一点儿，楚楚动人，你说一朵花，长得坚实又强壮，这是要保护身边的小小草吗？但也有例外，玉兰花我还挺喜欢，虽然肉肉的，但很温润，像个爱干净的村姑。

叶片不好看的花我也不喜欢，比如剑麻，开出的那一串叮叮当。广玉兰，一树叶子硬得像蒲扇，别的植物，风吹起来都是呜哇呜，呜哇呜，到了广玉兰，风一吹："哗啦哗啦哗啦哗啦"……也是醉了。

常见的花我也不喜欢，这个应该是有潜在逻辑的（**都说了嘛，对于花的喜好，我有着不可理喻的苛刻**）。比如花卉市场里，大部分的植物我都很排斥，因为用它们来装饰空间的太多了，只要是个小店，就会放着一盆绿萝。这种潜在逻辑，应该源于小众心理，而小众心理的源头，应该是独立意识——就是不想跟别人一样啦。

也不怪我，当一种植物，被一种环境普遍使用的时候，这种植物，就和那个环境的印象绑定在一起了。比如我们看到向日葵，就会想到凡·高，看到玫瑰，就会想到情人节，看到爬满院墙的蔷薇，就会想到欧洲风情。这便是植物的意象，也就是它的象征性。

所以，要是在我屋里养上一盆绿萝，我就总觉得，要整一个店铺搭配着。我也挺无奈的。

而漫山桃花，应该就是桃花源了。这个意象的绑定，得感谢陶渊明。每年春天一到，我所住的地方，杏花、桃花、樱桃花就开满山，如果赶上一场小雨，那就真的有古意了。我会在云层比视线低的时候，坐到杏花树下喝茶，风一吹，花瓣就会落在杯子里，恍若隔世的存在，有不愿醒来的穿越感。太美好了，一般这个时候我会想，时间就停在这儿算了。

但是漫山桃花，在邻居村民看来，和麦子开始生长、蚯蚓从土里爬出来一样，只是宣告春天到了。整个冬天，邻居砍掉了后山好几棵杏树烧柴，在他们眼里，所有的花都和食物有关，所有的树，都和柴有关吧。

苹果树结起果子来，挺张狂的

前天在朋友家苹果园摘苹果吃，很刺激，苹果树结起果子来，挺张狂的，每棵树都多得像串珠一样，很自负的结法。并且经过长年矮化的苹果，最高处的也能伸手即得。爱吃苹果的人进苹果园的感觉，应该就像爱吃巧克力的小朋友进了查理的巧克力工厂。

朋友说，有一棵红富士是专门留了几枝给自己人吃的。我看了下，好像没什么特殊的，甚至跟它旁边其他苹果树比，这棵红富士的外观品质暗淡很多。其他树都是又红又大，温润光洁，像口红色，看起来好像更脆更甜。而这棵红富士，看起来就普普通通。如果不是朋友指定这棵树的果实比其他树上的更好吃，我肯定不会选择这棵。所以就带着某种不确定，摘了一个。确实挺好吃，又脆又甜，咬一口，果汁即于唇齿之间迸溅。

摘苹果的时候你会发现，苹果的果把挺神奇的，细细的，却能吊着那么大一个沉甸甸的果子。不像葡萄，葡萄的果把是藤的质感，韧性很强，所以吊多少都觉得很合理，可是苹果的果把，跟个火柴棍一样，挂在树上，竟是非常稳固，风吹或是人摇晃树都不会掉。但是摘苹果的时候，却又是伸手轻轻一碰就掉了。

我觉得，应该是苹果很怕痒。

吃完那个相貌普通的苹果，我还是觉得那个又红又大、色泽更美的“有可能”会更脆更甜，因为它长得就很脆很甜啊，如果有差别，能差到哪儿去？于是我在朋友家吃过午饭后，终于还是没忍住内心的好奇，独自跑到苹果园，摘了一个看上去比刚才吃的红富士品质更好的苹果。好奇心是自我认同的本能，谁也挡不住一个少年的叛逆，我必须以身试水，确认我的判断是对的，才能踏实。不过，当我抱着那个苹果咬第一口的时候，就后悔了。甜也算甜，但皮很厚，果肉很柴，对比起来，明显水分没红富士多，吃起来，一点儿都没有幸福感，一半没吃完，我就丢了。

果真徒有其表，经验很重要。

梨花带雨

第一章 梨花带雨

春天到了。

吹一口气，就开花。

邻居家后院牛棚前面有棵梨树，胳膊一般粗。这棵树在正房后面，前面三间房挡着，后面是山坡，常年没见过阳光，用来拴牛。我一直想要过来，栽到院子里，栽在拉开窗帘就能看花的位置。但农村人的心思很奇怪，对他来说丢在院子里，风吹日晒都被遗忘了的东西，我一问，他们就扑上去抱紧，像是发现了什么贵重的东西似的。

这让我想起了山下一个做盆景的本地人，每次路过他家，看见被他扔掉的一堆树根想挑两个回来时，他就像发现了什么宝贝一样，赶紧找个理由说："这个东西已经有人要了。"然后扔到库房里藏着，直到有一天发现除了我真的没人喜欢，就拿出来烧柴了。

记得几年前，他挖了一棵刺柏，跟我说，谁给他八百元他就卖了。我很喜欢，但没有八百元，就说："等根扎稳了，给我留着。"过了两年我去看，他知道我惦记，确实喜欢，就跟我探底，说，上次有人出三千元他都没卖。醉了，真是无语，因为并非说三千元还是八百元，只是以他的套路，我如果说好，三千元就三千元的话，他必是立马就觉得亏了，坐地起价，马上改口说："这树再养两年，能卖五千元。"

朋友说对待套路的人就要用套路，用文物贩子买老农家碗的套路，比如要是看上他一盆黑松，就说旁边那棵雀梅好，然后以雀梅的价格买完雀梅，就随便加点钱捎带着一棵"廉价"的黑松。只是这太累了，实在惭愧，我只是喜欢，又不是用来倒卖的，还是不要了。

好在门前坡下也有棵梨树，夹在一片枝叶繁茂的槐树与核桃树之间，长势也是非常拘谨。只是年龄有些大了，不像小树那般容易成活。不过据说这个季节，树其实还没完全醒过来，我花了一整天的时间，一圈一圈地刨土，才将它的根挖出来，在它没有察觉的时候，把它抱到床上，移栽到了院子里。

想看个梨花不容易。

开春的时候，山里大多树都是先开花后发芽（叶芽），像桃花、杏花、玉兰花。唯独梨花开的时候，是花和叶子同步，一并绽放。梨树开花最动人，大概就是因为同期的其他树开花的时候都只有花，而梨花生来是有叶来衬着的。

老孟说中国人画梨花的时候，先在宣纸上将花瓣勾出来，然后在花瓣周围晕染一些淡淡的绿，花就出来了。

不过果木花期都很短，十天八天就结束了。但想象一下，冬天一过，万物复苏，早上起来，窗外有一棵睡了一冬的树，一夜之间，每一根枝条上面都开满白色的花，每一朵花周围都有几片嫩绿色的叶芽簇拥着。如果清风拂面，再遇和风细雨，这一年，多少淡雅，娇柔白净，都在这“梨花带雨”之中了。这么一想，每年能看一星期，也值了。

槐花很好吃。每年四月中旬，门前就会开满槐花，白花花的，很魔幻，每开一次，就又是一年。只是有点失落的是，它可以开上千年，我却只能看几十次。

第二章 三只毛毛虫

Hello，摩托车

早上烧落叶，火刚烧起来，听见狗叫，见老孟背着包下来，问我拿摩托车钥匙，说下去一趟买点烟，问我要捎点什么。我想了想，说，买两斤肉末吧，我泡的酸萝卜可以吃了，配肉末来炒。老孟说好，拿了钥匙就下去了。过了二十分钟，刚烧完的落叶还有余烟，远远又见老孟走过来，说摩托车出问题了，一打着火，声音跟飞机发动机一样响，挡位都是乱的，直接往前蹿。老孟心有余悸地说，若不是丢得快，估计连人带车一块飞出去了。

我听到这种情况，有些摸不着头脑，因为上次回来停车的时候，摩托车一直都是好好的，老老实实，兢兢业业，遇到过天太冷打不着火的，遇到过爆胎的，但好像没遇到过直接往前蹿的情况。没有经验，想象范围就很有限。老孟说，蹿出去七八米远，车倒在地上，脚刹也给摔弯了，需要拿个锤子和撬杠。我说好，然后回屋换鞋，戴手套，取了锤子跟撬杠，一起去放摩托车的地方。

摩托车在大路尽头，“骆驼腰”下面一个没人住的院子里放着，我们到了后，把车推出来，前段时间换的四四方方的车篮，又成原先的多边形了，前刹车扣在脚蹬上，软软的，已被掰弯，我拿撬杠费了好大劲，才给它掰直。为了保险起见，我把后支架撑起来，让后车轮悬空，然后试着打火，想看看老孟说的跟飞机一样响的发动机声。

在打火之前，我一直都没有特别当回事，觉得车坏了，能可怕到哪

里去，顶多就是滑下去修车。但当车发动起来的一瞬间，我就吓坏了，这声音太刺耳了，就是油门加到底，声音大到要把排气筒都震得可以射出去的那种刺耳，感觉油门线都要挣断了，车身像被捆住的子弹一样颤抖，撕裂着空气，让人有种极其不可控的恐惧。

只有三五秒，我就慌忙关了火，跟老孟说："确实挺吓人的，得下去修。"然后我把支架打开，往前推了几步，坐上去，问老孟："你坐不？我能慢慢滑着下去。"老孟说："呃，我还是走着吧。"

我骑到车上，就着下坡往下滑。往年冬天，也有过天太冷打不着火的状况，往下滑的时候，我就会挂上挡，这样的话，只要发动机不发动，车就会靠挡位的限制，滑得慢一些。但没想到，这个下坡刚滑两米，发动机竟然被助推着了，瞬间"嗡"的一声，摩托车冒着黑烟就蹿出去了，我都不记得我当时是怎么跳下来的（车好像是被我扔出去的），只是站在那里愣愣的，望着前方三五米远处倒着的摩托车，耳边响着熟悉的撕裂空气的声音，隐约听见背后老孟说："又蹿了啊？"

我突然就意识到老孟刚才回去找我拿锤子撬杠时心有余悸的心情了，确实是"若不是丢得快，连人带车估计一块儿飞出去了"。很遗憾，人总是要自己试一次，才能确认那些想象力无法达到的真实。我赶紧跑过去，拿钥匙关了开关，把车扶起来。这一下，滑都不敢滑了，推吧。

我推着车，走在路右边，老孟背着包走在我左边，边走边聊天。

我说："开车也有刹车失灵的，骑个驴，驴发疯了。"老孟说："还是两条腿最可靠。"然后我拍了下车头，说，"你这家伙，自己会打火，这是想退休吗？"

我还是有阴影的，虽然很感激我的摩托车不是在我开着到半路的时候出现这种状况，但还是突然觉得那种未知的危险挺不可控的。和老孟聊到这个话题，说在此之前，我骑摩托车从来不会有这种"油门坏掉了"的心理准备，更不会有这种"不可控"的忧患意识。就像以前我骑摩托车遇到拐弯路口的时候，不知道减速，直到有次差点跟人撞车，才学会遇到路口有所警惕。很遗憾，很多事靠认知是没什么用的，只有用身体经历一次，才能真正改变，就像这句鸡汤一样的感叹，也只有在我把车扔掉的那一瞬间，才能体会到油门失灵的危险，真正的质感。

不过，可能正是造物主给人类出生时设置的一键还原，才有了生生不息的循环。你想啊，如果所有的经验是可以遗传的，那每个人都是佛陀了。

大概推了两个小时，走得浑身是汗，我都想把羽绒服脱了。到了镇上，找了家摩托车修理店，师傅转转车头，摸摸油门线，然后手伸进摩托车胸腔的位置，紧了紧螺丝，说："油门线下面有个'环'松了。"果然，再次发动后，就好了。我和老孟很失望，都觉得，这也好得太快了，快得有点让人觉得，它随时可能会再坏。按说我俩推了一两个小时，惊魂未定，怎么着也得修个二十分钟，才能对得起这身体和精神的双重损失吧？

然后我跟老板说，还是给我全部检修一遍吧。于是，老板把车支起来，给摩托车换了新的脚刹，二手排气筒和不再自己打火的开关，调整了前刹车，加了机油，用脚踹了几下被摔偏的车头，做了一次深度全面大检修。零零碎碎的，收拾了三个多小时，结束的时候，天都黑了。老孟说，这下估计得花大价钱了，我说应该不会，这家老板修车比较实在。

这家修摩托车店的对面，也有一家修摩托车的店，是个老店，干了一辈子。几十年来，都是独裁，所以修车定价完全随心情，上次给我装个车灯和篮筐，收了我一百二十元。自从前年门对门的小伙子也开了修车店（就是给我修车的这家）之后，他就没生意了。大概临近村子常修车的人抱怨很多年了，终于可以有所选择了，所以，他家门口每天都冷冷清清的，对面修车的店门口却排着队。每次我看见他揣着手坐在门口，

不说一句话的样子，都能感觉到他内心的激流暗涌。

车收拾完后，老板嘀嘀咕咕算了一会儿，说：“你给一百一十元吧。”

果然很实在。我给了钱，骑上车，反复叮咛：“老板你要不要再确认一遍？我可是爬山的，如果骑在半路的时候坏了，那我直接就掉下去了。”老板笑着说：“放心放心。”

其实我也想过，即便是我的摩托车和以前一样安全，或者比以前更好了，但对我来说也是不一样的。因为根本不是它的问题，是我有阴影了，心里有个结。其实本来油门坏掉，就是个概率问题，和生死一样，但概率只能是概率，不能代表全部。所以接下来我和我的摩托车，有三种结果：一种是和摩托车相爱相杀、相互折磨，每次骑着车，都想象着它突然失灵，每次停下车，都感觉像是捡了一条命；一种是继续完全信任它，像以前一样，突突突突突，哼着小曲儿，来去一阵风；再一种就是抛弃它，换辆新车。但我不想抛弃它，也不想每天骑车都想象着车祸，所以我选择自救，完全信任它。于是，我打着火，摸摸摩托车的车头，就像主人摸摸他的小狗。

突突突突突，走之前，我把嘉陵拆卸下来换掉的脚刹、钥匙和排气筒，都带走了，以前换掉的车胎，我也留着。因为我的摩托车和别的车不一样，它已经跟了我五年了。

咪咪咪咪咪咪咪咪

写猫的文章挨了不少骂，确实，人很难接受真实，就像总有人不甘心，问：你一个月花多少钱？生活来源怎么办？他们总是希望我回答：我会卖画，或者我有钱花。然后就可以踏实地说：看吧，就说还是得有钱。或者看透了一切的样子满意地说：看吧，人家会画画。柴米油盐，肯定得有收入，不然绝对没法活！

其实这真不是个钱能决定步伐的问题，前两年好几个月都是花几十元的日子也有过，我们村里老龚、永琴（邻居老太太）都没收入啊，年轻时靠砍柴，老了靠低保。但人很难接受真实的自己，一定要找一个理由支撑，没有人愿意承认问题来自自己。

人有人性，猫有猫性。

喵星人在跟我斗智斗勇的博弈中，已经找到了最佳生存方式，现在每天都在永琴的炕上睡，钻被窝里，暖和得很。以附近虫鸟为生，偶尔半夜趁我睡觉期间回来偷吃，厨房翻箱倒柜一遍，现在还学会了偷吃鸡蛋，很快活，面相终于越长越讨厌。

野猫记

终于逮住了这只野猫。

可以说是恨了，这只野猫，每天晚上都要钻到厨房里乱扒一通，盖好剩饭的盘子被它强行推开，挂在墙上的腊肉也被它的猫爪抠成了一条一条的。我每天早上走进厨房，都感觉是进了贼，油壶倒在地上，鸡精也被咬开了吃，案上全是猫爪印，真的是“一片狼藉”。我还有一个煲汤的锅，也被它偷吃时把锅盖掀翻，掉到地上，摔了个稀巴烂。

更不能原谅的是，有次我下山住了两天，回来后发现这只野猫竟然钻到我卧室，在我床上拉了一疙瘩屎……太挑衅了，最后我只有把被罩扔了，被芯挂在外面晒了五天。之前我一直在想，如果有天正面碰上这只野猫，应该会有三种选择：一种是任其逍遥，继续保持每天早起生上一场闷气；一种是坐下来，好好跟它讲讲道理，告诉它不要这么欺负人；还有一种就是把它逮住，拴起来，狠揍一顿。

那天打开卧室门，看见那一疙瘩猫屎在我的浅绿色床单上，像一块黑色的煤，散发着刺鼻的恶臭，当时我就下决心，果断选择了最后一种。

老鼠是很贼的，但猫能对付老鼠，这说明，猫要是做起贼来，比老鼠可要贼多了。好几次晚上有动静，我穿着睡衣轻轻走过去，门刚一推开，它就溜得只剩个黑影。白天见了它，也骗不过来，用狗粮，用肉，用神秘的微笑，用温柔伪善带有爱意的虚假呼唤，它都无动于衷，就远远站在我能看到的距离，莫名其妙地看着我。等到我转身回屋，它就偷偷溜进院子，把我撒在地上的狗粮吃掉。我一出现，它就蹦蹦跳跳，逃之夭夭，然后站在远处若无其事地舔着脖颈下的毛，感觉每天都会冲我贱贱地喊：“来逮我啊，逮我啊，你够不着，够不着……”

但我终于还是逮住了这只野猫。那天突然想起我还有一个逮老鼠的笼子，就找出来，设置好机关，在里面放了一颗牛肉丸，放在它每天都会经过的厨房外面。果然不出所料，第二天就逮到了这只让我恨之入骨的贼猫。

太解气了，在我逮到它之前，对它的厌恶，深仇宿怨，就像《让子弹飞》里姜武勾着手指头说的：“我有九种方法弄死它。”当然我不会真的弄死它，只是说那种厌恶的程度，想着起码也得找根绳子将它拴起来，禁足一段时间。

但出乎意料，当我真的逮到了它，看到它蜷缩在笼子里诚惶诚恐的样子时，那种恨意，竟然一下子就没了。它太害怕了，就像一个刚被宣判绝症的病人，魂飞魄散，骨头都软了。

很震撼，我看着那个面如死灰、胆战心惊的眼神，突然就原谅了它之前对我做的所有伤害。

真的是不要让坏人变老了。一个父亲，年轻时酗酒、赌博、经常打骂他的老婆和儿子，以至于儿子离家出走和其断绝父子关系。很多年以后，这个浑蛋了一辈子的老头，只需要站在儿子家门口，表现出一脸的孤独和落寞，再用苍老的、可怜巴巴的眼睛看着儿子说：“就只是想见见孙子……”只需要这一下，老头的一生就可以翻盘了。因为那一刻的苍老、孤独和落寞如此真实，每一个人的怜悯，都会被那种真实撼动。

就像当我逮到了这只野猫，看到它蜷缩在笼子里诚惶诚恐的样子时，那种恨意，一下子就没了。因为在被捉住的那一刻，它就没了做坏事的能力，在笼子里的身份，便也不再是个贼，而是一只只有惊慌、害怕的猫，并且那种惊慌害怕，如此真实，令人动容。

以前觉得武侠电影里，有一些镜头总是让人不痛快，比如当一个大侠被一个十恶不赦的坏人屡次伤害，最后的复仇好不容易险胜后，竟然只是把坏人的武功废了或者斩断一条腿，却不杀他，让他滚蛋了。理解不了，坏人那么坏，对自己伤害那么大，怎么不一刀砍了呢？直到有一天，刀在自己手上了，才明白，杀一个对你生命有威胁、有攻击性的坏人，是战斗；但当那个坏人被废掉了武功后，身份就变成了俎上鱼肉——这个时候，你再给一刀，就是杀戮了。

但我也清楚，那种觉悟，是源于人之为“人”的恻隐之心，只属于“人”，恶魔没有，猫也是没有的，所以如果我把笼子打开，把它放走，它又会变成那只令我厌恶的贼。

于是那天一早，我便提上笼子，骑上摩托车，带着这只猫进了城。

直到过了常宁宫，快到何家营的时候，才停到路边，将笼子打开，把那只猫放了出来。

它战战兢兢了一路，应该没想到就这样被放了吧？

我也没想到。但在城中村做一只野猫，一定会比在我的山上好，在我这边就只能偷吃我那点儿粗陋的口粮，在城里的话，起码城中村的集市上有吃不完的美味佳肴，说不定还能交上同样流浪的猫友；而且，如果冬天有幸，在雪地里奔跑时，碰到爱猫的女孩子，把它拦住，抱回家里养，也是有可能的。

有 蛇

天热虫蛇多，房梁上爬了两条，瓦房就这点不好。两条蛇缠在一块儿，我说把它们弄下来赶走，我爸不让，说蛇在屋顶上，是有福兆，吉祥。朋友圈说用“雄黄”，挂到房梁上，蛇就走了，在《新白娘子传奇》里学的。

很奇怪，蛇就是蛇，钻到房顶上乘凉，怎么就被神化成了福兆？

查了下资料，说法太混杂了。比如说蛇是小龙，或者上古图腾里很多蛇的象征。但我还是想自己闭上眼睛摸索下源头，把自己认知掏空，想象了一下：作为第一个人类，什么都是第一次见到的情况下，同时见到一只蓝天下会飞的雄鸡和一条草丛中弯曲爬行的蛇，这个时候，本能反应，会飞的那只向着天空，自然就成了太阳鸟，而游走的那条蛇，向着洞穴、草丛，没有脚却跑得飞快，蜿蜒盘曲，一滴毒液就能将人致死，很是诡秘。实在搞不懂，搞不懂就是有神附体。神得罪不起，所以就视作图腾，供奉起来，于是蛇就成了比龙更早的神物。直到有龙出现后，蛇才被叫作小龙。

人类对神的一切想象，都来自对死亡的惧怕。

蜱 虫 记

有一种虫，生在草丛中，寿命很长，活得很有韧性，一生餐风饮露，悄无声息，几年、十几年的孤独、沉默，不为别的，只为等待某一天，有一个人（或动物），能从自己生活的这片草丛路过。

这种小虫很有灵性，每当有人从附近走过时，远在五十米外就有感应，然后迅速爬到草尖或灌木枝叶顶端等候。直到那个人越来越近，与它擦身而过的一刻才放开手脚，轻落于其肩头裤脚，从此认定这个令之一生不离不弃的宿主。

很浪漫吧？这个小东西，叫蜱虫，狗在山里跑一圈，身上能粘几十个。

蜱虫大概是山里最让人讨厌的虫子了，因为总是听说蜱虫咬人致命的事。人怕蛇怕蜱虫怕大型猛兽，大概都是因为怕死，当一种生物和“死亡”联系在一起的时候，人都会很怕。随便把一个生物或场景前面加个“食人”或者“死亡”来命名，就会令人心生畏惧，比如“食人蚁”“死亡岛”。

但后来我查了下，其实蜱虫咬人致命和被狗咬后会得狂犬病的性质一样，都是有关概率的问题。都知道不是每个人被狗咬后不打狂犬疫苗就会得狂犬病的，只是说被狗咬了如果不打狂犬疫苗，会有得狂犬病的可能，这个“可能”的决定因素就是，那只狗有没有恰好携带狂犬病毒。蜱虫也一样，并不是每只蜱虫咬人都会致命，而是那个咬到你的蜱虫，有没有恰好携带可以致人死亡的病毒。不过即使是这样，这个吸血又肮脏的家伙还是挺讨厌的，据说蜱虫可能携带有八十三种病毒、十四种细菌、十七种回归热螺旋体、三十二种原虫，其中大多是自然疫源性疾病和人畜共患病，所以一般在山里住，整个夏天，我都不太搭理我的狗（即便它们点了驱虫药，但偶尔去野地跑一圈，回来还是会带几个有缘的）。

不过说真的，动物的免疫力都挺厉害的，除了被各种虫咬不会感染，还有一套自带清洁设备的肠胃系统，槽水、腐肉，什么都能食，老鼠那么脏的东西，猫却可以将其连皮带骨头吃干净，都不会肚子疼。而据说如果人类消失，城市荒弃，最有可能生存下来的就是猪，因为猪免疫力太强了，又是杂食动物，什么都能吃，且吃什么都不会生病。吃什么都不会生病，这实在太幻异了。

成年蜱虫芝麻大小，吸完血后身体会变大几十倍，有时比黄豆还大，这种能力，比什么蚂蚁可以拖动比自己大几十倍的物体要厉害多了。并且这种变大，几乎都是宿主的血给填充的，蜱虫每次在宿主身上吸血，都有一个小时左右，整个头钻进宿主皮肉里，不停地拿小吸管吮吸一个多小时，这食量在吸血界，可以甩蚊子十几条街。

几年前养狗，一到夏天，狗脸上就爬满了蜱虫，眼睛都睁不开，山下杂货店，各种驱虫药都买了，竟然对蜱虫毫无作用。后来公众号有评论留言说“福来恩”防蜱虫效果很好，就买了两支，回来滴完，果然见效很快，起码近两个月，一只蜱虫也没有。只是药是进口的，挺贵的，山里农村大多猫狗都不会用。带毛的动物在自然界生存，夏天都挺痛苦的，猫狗身上钻的跳蚤、蜱虫，瘙痒难耐，受刑一样，动不动就满地打滚儿；就像牛圈里的牛虻，直接寄生在牛身上，整个夏天，牛的尾巴和耳朵，基本没停下来过，一直都在甩、在赶，但牛虻就像下雨天挥之不尽的水滴，无休止地叮在牛身上，看着都让人很绝望。

我被蜱虫咬过三次，第一次没经验，手指缝里一个小黑点，指甲一抠就掉了，掉了后我还找了个瓦片，把它给压了个粉碎。之后被咬过的地方就痒了小半年，后来才知道，蜱虫咬人的时候，是不可以直接揪掉的，直接揪掉，针尖口器就会断在皮肉里，所以如果被蜱虫咬住，要想办法让它把头缩出来，比如拿烟头烫，或者拿火烧其背。记得小时候在水坑游泳，被蚂蟥吸到，土办法就是找个木板或平底鞋面对准吸附在皮肉里的蚂蟥屁股使劲拍打，拍到自己都疼得受不了了，蚂蟥就缩头出来了（这个土办法确实土，又土又傻，不知道是谁发明的）。

由于沿路的草丛人畜走动频率高，所以该带走的蜱虫，基本都被带完了，而多数的蜱虫还都躲在没人走过的杂草丛里，等待着那些不走寻常路、任意穿行的人或野猪，等待那些新的宿主。土豆、郑佳今年基本没怎么被蜱虫骚扰，也没生跳蚤，只有早上喂狗，看见土豆眼皮上有一颗“小黑痣”，才想起两个月的药效应该已经过了，不过还好，十月将近，夏天渐远，即便不再滴药，蜱虫也会随着天气渐凉越来越少了。

三只毛毛虫

一般大人拿来吓小孩的角色，大多都是疯子、野兽、杀人狂，还有鬼怪。我奶奶哄小孩的时候就经常说："再不听话，山猫红眼就要来了，山猫红眼，吃小孩不剩一点儿。"或是："再闹人，晚上就会有老闷儿（大概是个鬼……）。"小孩子不知道什么是老闷儿，也不知道什么是山猫红眼（应该是"三毛红眼"，一般民间老人口中这种吓唬小孩的角色都是战争期间的杀人魔），从来没见过，但隐约能感觉到，大概就是一种在黑暗中的鬼怪吧。反正应该是张狰狞的脸，会吃小孩，比那些喜欢用胡子挠他痒痒的怪叔叔要可怕多了。

你看，黑暗里藏着的，都是恐惧。

黑暗和未知，一般都是绑定在一起的黄金搭档。小时候在村里的浑水坑里玩，基本是泥汤汤，水底沉淀着几十年的淤泥、微生物和各种垃圾，但那个时候没有恐惧感，能双手伸到水底的淤泥里凭着触觉去抓泥鳅，有时候会捞出一些塑料瓶，有时候手还会划到破碎的玻璃。但好像从来没有过恐惧。现在想想，那个时候胆子大，大概是认为看不见的水底，无非是泥鳅、青蛙、塑料瓶和玻璃，有时候还可能是鱼，都是已知。而现在再也不敢把手伸到淤泥里凭触觉去摸了，是害怕，那一道浑水的屏障背后，除了泥鳅、青蛙、塑料瓶、玻璃和鱼，还"有可能"是屎、蛇、尸体。

怕的还是未知。

我不怕老鼠，但不愿打地铺睡地上，因为小时候常听人讲，村里那个没鼻子的女人，就是小时候睡着被老鼠咬掉鼻子的。而我刚好又有过几次，睡地上，醒来撞见老鼠在墙角观望。

所以怕的还有“不确定”。

我爸害怕老鼠，怕得很，不知道是什么造成的。大部分人怕一种东西，都是有原因的，就像我不喜欢壁虎，是因为有次壁虎突然目露凶光，龇牙咧嘴要咬我。拒绝浑水和它的淤泥，是因为淤泥里有很多被我放大

的未知。发小二磊怕癞蛤蟆，就是因为小时候大磊捉了五六只癞蛤蟆，用绳子拴住腿绑成一串，趁二磊不注意，甩到二磊脖子上了，贴着光滑的脖颈绕了一圈。二磊吓得哇哇大哭，上蹿下跳，从那时候开始，最怕的就是癞蛤蟆。

很多女孩子怕蜘蛛怕毛毛虫，也不是因为怕，而是因为自己还是小女生的时候，听说女孩子要穿裙子，上厕所不能被人看到，要留长发，要矜持，要看言情不要看武侠，要怕蜘蛛怕毛毛虫，所以每次有男同学拿那些虫子吓她，她就要假装很怕，好害怕好害怕，于是，慢慢地就变得真的很害怕。

还有人是因为看见别人怕，于是自己也怕。有个朋友说她怕蛇，完全是因为她妈妈和姐姐都怕蛇，她自己从来没碰到过蛇，但因为她看到妈妈和姐姐每次说到蛇的时候都很怕的样子，于是自己的怕也被激活了。杨馨的小女儿阿布，是我见过最可爱的胆小鬼，上山来玩的时候，怕知了，怕飞蛾，怕一切会飞和不会飞的虫子。草丛划过她的小腿，就会被吓哭：呜……妈妈，那些草在咬我腿，呜呜呜……

我还是个孩子

——就像来自未来。

有次朋友问，你觉得青春期的时候跟现在最大的变化是什么？我想了想，觉得应该是这样的：青春期的时候，或者说小时候，虽然知道人的一生最终是会离世的，但生死的宿命好像从来都是那些老人的事，和自己无关。你看那些穿着校服的孩子，在他们倔强又自信的眉目间，好像生命是无限的，免费，可以续杯的。

直到有一天，突然意识到一株植物从生长到衰亡不可逆转的无力感，才意识到，这一天天的日子，原来是有终点的，并且正在向着终点的方向不可逆转。就像现在，这个农历六月过完，我就二十九岁了。据说人过了三十岁，时间就快得摁都摁不住。

按说我是1987年出生的，生日过完，应该可以说是三十岁了，但对待年龄这事儿，就是这么斤斤计较，二十九周岁生日就是二十九岁。二十九岁起码还在二十多岁的范围，就像1980年出生的大胡子蜀黍，虽然都奔四十岁了，但还是喜欢说自己是80后。

数字很微妙，二十九岁和三十岁，就差那么一岁，却让人有从青年跨入中年的紧张感。不过所幸，除了年龄，长成“大人”那种事情，至今还没在我身上发生。

《一步之遥》里，姜文说：“我，还是个孩子。”很无奈，很认真。

这台词里面感情很复杂，复杂到细思生悲。年龄、身份、责任、经验、环境，都会无形地束缚着一个男人的童心。到了一定年龄，就会有种担忧，或者被动，就像一个四十岁的男人在朋友圈卖萌，不是被指做作，就是被怀疑性取向。（唉，再过两年我就三十岁了，很快就到不能再卖萌的年龄了，咩~）所以男人就只能在自己的女人面前时，才会像个孩子。

童心一直都在的啊。时间的流逝并不会导致童心的丧失，导致童心丧失的，其实是自我经验的绑架。（看古人对这种自我绑架多鄙视，古人说一个成年人还能保持童心叫“童心未泯”，泯：泯灭，丧失，和“良心未泯”一样不能容忍。）

糯糯说阿玛尼有句话她特别认同：“我有时候是小孩，有时候是老人，有时候是智者，我不属于任何年龄阶层。”

我不属于任何年龄阶层，这个说得太好了。其实不只是年龄，我觉得角色也不应该是被自我经验绑架的。就像女人在男人面前最好的形象一定是，有时候是个妈妈，有时候是个姐姐，有时候是个朋友，有时候是个女儿。男人也是，有时候是个父亲，有时候是个兄长，有时候是个朋友，有时候是个孩子。

力大无穷

我虽然不是那种宽大魁梧的身板，但力气还是可以的。前天开垦菜地，院子里又挖出块大石头，怎么说也得一百斤以上吧，我一咬牙就掀上来了。去医院做体检，查到骨密度的时候，医生问我：“你是学生吗？”我说：“我已经毕业了。”他说：“你骨密度还挺高的，像你这个年龄的那些大学生，骨密度都很低。”我说：“我跟他们不一样，我种地呢。”

不过我发现，且不说同龄人，我身边很多比我年长的朋友（上班族），跟我一块儿扛东西，都没我力气大。记得有次体形比我大一圈的尹峰跟我一块儿抬柜子，我这头都快掀翻了，他那头还纹丝不动。但我这点力气，在我们村，却是连那些放牛、挑水的妇女都比不上的，她们帮我背煤气罐上山，中间不带停顿的，一口气背到我屋里；而我的话，同样距

离的一段上坡，起码要歇三次才能到家。而我们村的那些男人，就更厉害了。老龚说，年轻的时候他在深山住，背一百五十斤的柴，到山下卖，一天一趟。一百五十斤的柴，相当于三个加满气的煤气罐了，然后一个人就这样背着比他大几倍的柴，步行两个半小时山路到山下，一天一个来回。

农村总是多传奇。小时候听说，有人偷楼板，楼板你知道的吧？就是那种混凝土浇制的，六十厘米宽，三百厘米多长的建筑材料，一块起码有四百斤，然后一个人，就这样半夜默默地给扛回家了。听起来像个段子，但是农村真的有那种大力士，我们村的小军就很让人震撼。有一次老孟截了一个案，就是把一棵直径七十厘米，长两百八十厘米的原木，对半开；当时想着，这么重的案，要弄上山，怎样也得四个人抬。但小军摆摆手，说不用，他一个人就够了。我俩听了都不信，觉得有点儿吹牛，但当小军真的步履蹒跚，背着一棵比他人还宽的树，一步步朝我们走来时，我才意识到，原来小说里“鲁智深倒拔垂杨柳”的事，完全是有可能的。

我们总是忽略了语境。《史记》里说项羽“力能扛鼎”，应该是接近事实的描述了，而站在“力能扛鼎”又是冷兵器时代的语境里看项羽，其战斗力，一定是超出我们想象的。因为一个人，如果他“身高八尺，力能扛鼎”，那就说明亦可轻松抡起一把百斤左右的大刀；我们都见过工地上抡的大铁锤，才二三十斤的钝器，就能开山碎石，换作一百斤的大刀呢？对着人马抡过去，绝对相当于一发炮弹的威力，被击中的肉身，定是瞬间心胆俱裂，粉身碎骨。那么如果这把刀，材料再有些讲究，比如削铁如泥，又加上可以轻松挥舞的臂力，再加上一些在生与死的实战中总结出来的技术，那一个人以一当百的战斗力，就不能当文学传说了。

挺值得深思的，历史到了今天，风云突变，冷兵器时代一结束，很多“人”的潜能，就随之消失了，就像武术到了近现代，没有了那种生与死的历练环境，慢慢地就退化成了强身健体的花拳绣腿（我相信中国武术在冷兵器时代是很凶猛的，接近武侠小说的描述）；现代社会里，大多劳动力都有机械可以替代，需要用蛮力的地方越来越少，人的力气也就随之退化，民间亦再少有“倒拔垂杨柳”的神力传奇，记得看纪录片《红旗渠》留下的影像，里面的人，挑着两担石头，健步如飞，轻松得就像是挑着两筐白菜，太厉害了。

一直认为每个人应该都有很多种潜能，明眼、利耳、疾手、迅足、灵觉、牛力、通天地变、知鸟兽语，各种各样的本领，只是大多时候没有一个开发这些潜能的需要，所以就始终关闭着，只有眼睛盲了，听觉才被充分开启，悬吊陡崖，双臂才变得有力。就像跑酷，如果生来就在一个丛林世界里，一定是人人都可以像跑酷的那样飞檐走壁。当粮食决定生死，研究天地就成了每个人每天思考的事，于是，四季变换的每一个细节都被总结，精微到极致；当战场对战，技巧更能取胜，战术就会不断地升级，于是善于总结的智者就将其梳理，写成兵法；当存在和虚无碰撞，那些不甘于混沌的人，就会不停地追问，直到有人触摸到了真理，将过程书写成系统的思想体系。有语境，再看人类那些令人惊叹的创造力，就没那么神秘了。

当然，虽然在发展过程中，人的身体和自然感应的潜能被关闭了，但大脑和科技的连接处理潜能却被开启，那些天才黑客儿童，不就是新的进化结果吗？应该说，人有各种潜能，生在上古，与天地共生的时代，伏羲就诞生了，生在当下，与电脑共生的时代，黑客就诞生了。想起一个令人捧腹过后又感到不置可否的猜测：说你知道为什么外星人被想象成眼睛很大，手指很长的样子吗？因为未来世界，眼睛很大，为了看屏幕，手指很长，为了玩手机。

疼痛来自地狱

被一根野杏刺扎了，抬腿落脚，刺尖穿破鞋底，直入脚心一厘米。

太疼了，直接能用叹号喊出来——我 ×！

脚心、膝盖和手指，都是传达疼痛最直接的部位，很有疼的质感。以前大拇指被玻璃划到过，缝了三针，裂开的肉红白相间，很难看，但并不疼，应该是麻木了。但打麻药的时候，针尖对准指背关节扎进去，却是疼得可以喊出一排叹号。那个医生太粗暴了，针头顶着骨头，左右转，感觉能在拇指关节骨头表面，刻出一道深长的弧线。印象更深的是，缝针的时候，麻药并没起什么作用，依然能从疼痛里感受到线绳穿过血肉时，如麻花一样编织的凹凸感。想来如果砂纸在伤口上摩擦，那颗粒感会清晰得像狼牙棒一样锐利吧。

小腿胫骨也被磕过，有种渴望截肢的疼。骨头大概是人体最后的结构，承载着最深的疼痛。比如冷，寒风割面，还不够冷，寒风刺骨，就差不多了，到骨头了。比如怕，毛骨悚然，骨头都有点冰。比如深刻，刻骨铭心，影响刻在骨头上，到此一游，够深了。

戳脊梁骨，也有意思，形容人在背后揭短，感觉像脊梁骨被戳中。

看来背后揭短，杀伤力很强。

恨之入骨，太恨了，恨到极点。骨就是极点嘛，似乎找到了形容程度的规律了，以后表达程度，到骨为止应该就会很有分量。

我每一寸骨头都爱你。

也不好，有点惊悚，听起来像白骨精的表白。

我在想，骨头磕一下就那么疼，那骨头被撞裂的呢？胫骨断裂，膝盖骨摔碎，可以疼昏的吧？

但我的朋友马立，髌骨碎裂后，没有喊出来，也没有昏倒，只有吧嗒吧嗒的汗湿透衣衫。我在旁边安慰，一起商量怎样抬进医院，怎样签手术。现在想起来，那一刻马立应该在地狱吧。

我妈妈类风湿，也是骨头在疼，有次在我这儿，疼得忍不住哭。小时候被我气哭过，那是心疼，可以安抚，可以止，但骨头疼，就疼得没有边界。我带她去医院，医生说是游走性类风湿，疼很正常，目前没有什么方式可以根治。

那天实在是我最难过、最无力的一次了。

有时候我在想，那些最后疼到身体无法承受而衰亡的人，都相当于生前就走了一遭地狱吧？从地狱到地狱，也就如此了。

华涛讲他上学的时候，同学被人下老鼠药，抬出来抢救的时候他围在人堆里看，那个女生躺在急救床上抽搐，脸色乌青，眼睛像是要炸出血浆，双手死抠所有能抠的物体，指甲都翻到肉里，像个发疯的巫婆。太害怕了，华涛说，特别绝望，一定是血肉心骨都在疼了。

血肉心骨，每一寸都写满绝望，写满疼，那些被用酷刑的，患绝

症的，遭遇意外事故的，那些失火后在火堆里滚，最后烧焦了的人……那一刻，一定狰狞得像古画里的鬼。

疼痛来自地狱。

想来所幸我只是被野杏的刺扎伤了脚，不是牙疼，不是分娩疼，不是胃疼，不是筋骨疼，并且也不是枣刺或皂角刺扎到的疼，那两个野蛮的家伙，自带毒汁，起码可以让我这一个下午都想不起怎样去形容疼。

槐花饭

1

槐花的做法很简单，和其他菜一样，无非是煎炒蒸煮，水焯凉拌。其实食物的做法都逃不过煎炒蒸煮、焖烤炖卤之类，而区别就在于那些“火大一点儿还是小一点儿，盐多一点儿还是少一点儿”的细节。

2

槐花炒鸡蛋，将槐花洗后水控干，打个鸡蛋，炸点辣子，直接炒就行了。然后再配点桑叶汤下饭，就更美了。我每年都吃，可以确定，吃完不会吐丝。

3

小了不要，开了的也不要。最好吃的，当是半开未开的。

4

我有十二棵可以吃的树。

5

槐花蒸米饭，米饭的香，都可以不要菜了。就像手工馒头蒸得好的，只吃馒头都不觉得无味，失败的馒头才需要配菜。

6

槐花蒸得好不好，要看槐米蒸出来是不是一粒一粒的，而不是一团一团的。

7

蒸熟了的。很简单，就是洗干净裹点面粉就行了。蘸水自己配，每个地方的口味都不一样，油泼辣子、蒜、酱油，再切点小葱花。老家的吃法是直接浇蒜泥就行了，当然，香油一定要多淋点。

8

清炒的话，只放点盐。

9

还有说捏成团，滚点红糖粉，就可以当甜品了。只能明年试试。

10

每年四月中旬，门前就会开满槐花，白花花的，很魔幻，每开一次，就又是一年。只是有点失落的是，它可以开上千年，我却只能看几十次。

词语的质感

不炼金丹不坐禅，
不为商贾不耕田。
闲来写就青山卖，
不使人间造孽钱。

——明 · 唐寅

昨天读到唐寅这首诗，突然就心头一暖，感觉不是在读别人的句子，而是昨日午后的笔记，于是立马下单买了本《唐寅集》。

词语最初都是有质感的，一些句子、诗，只有在对应的情境出现时，才会显出它本来的璀璨。就像春节写对联，我写的都是我有的，或者起码是我所期待的，不然我就不会贴。但大多数人不会去思考什么词语的质感，以为知道，就是拥有，就像中式房间喜欢挂的那些圣训圣言，每个人都知道那是什么，“海纳百川”“止于至善”“宁静致远”“道法自然”，但没有几个人能做到，甚至连对这些圣训圣言的敬畏都没有。而且更尴尬的是那些字本身的荒诞感，内心没有“海纳百川”的书写，怎么可能写出“海纳百川”的气象呢？只纳某川、道法很不自然。

其实就是“道”很简单，到达很难。想起在朋友圈看过一个截图，一位学哲学的硕士跟自己的导师说：“老师，我不想知道什么是现象学，不想读什么苏格拉底、海德格尔，我就想知道，一个杀猪的农民是怎么杀猪的。”

很精彩，这一下，就毕业了。

做不到植物，能做到动物也行。植物只需要阳光和水就能满足地活一生，你看他们，太阳出来就很好，渴了，一点水就很欢乐，能做到植物那样的，是佛。动物的话，比植物的需求多了一点儿，除了吃好睡好，还得撒欢儿奔跑，还要交女伴。这些都能满足，就是最好的一生了。

第三章 狗这个物种

我和郑佳 上

我是比较偏心土豆的，可能跟从婴儿期就开始养有关，再加上土豆圆滚滚的，又会卖萌。而郑佳是长到成年了才跟着我。就像亲生和领养的，它自己跟我也有点“隔”，虽然平常我回来时也远远地跑过来接我，也会摇着尾巴跟我撒欢儿，但在它内心深处，似乎总是有一道防线。我在呵斥它的时候，每次都能感受到它瞥向我的眼神里的反感，就像在说：老子要不是过继在你这儿，才不会在你这儿待。并且，好几次，它犯了错误（护食的时候把鹅咬得满嘴流血），我拿着小棍要揍它的时候，它都发出想要“还手”的声音。这点土豆就不会。

所以我对它的感情，始终也有一道墙。

它跟我的距离，还有一个原因。郑佳喜欢跟人腻歪，习惯性地站起

来扒到人身上，想让人抱抱它，或者你坐着的时候它就在你身上蹭来蹭去，渴望你能摸摸它的头。但城里地面干净啊，也没跳蚤、蜱虫。山里就不一样了，好几次下完雨踏着四脚泥就往我身上扒，所以每次它想跟我腻歪都被我阻止了。久了，它和我的感情就淡了很多。

郑佳和土豆一样，都是特别聪明的狗，会看脸色，会思考，有逻辑。我觉得狗和人的区别，不过就是语言的不同，如果你会用眼神交流，很多时候他们想什么，你都能感觉得到。并且和人一样，每只狗都有自己的性格，以及由性格不同而生成的面相。

以前在杜公祠附近住的时候，房东家有只花狗，性格很猥琐，眼神就透着阴损，走路鬼鬼祟祟、蹑手蹑脚，咬人从来不吭声。只要有人从它家门口路过，它就会跟上去，蹿到人后面扒腿上咬一口就跑。这狗在我住的那几年，咬过好多个人。我很了解它的行事风格，所以也不愿与它结怨，喂了它几次，基本等到它熟悉我后，就没再理过它。

上山后，有次走小路，碰到只体形瘦小的家伙，拴着链子卧在一棵核桃树下。见我过来，立刻爬起来，大声叫着表示自己的存在。我听它声音没什么底气，就没当回事。这一下，它叫得更起劲了，上蹿下跳，一边叫还一边扭头龇牙咧嘴像是要咬断自己脖子上的链子，那意思是：你给我站住！有种你别走！我说算了吧，动作也太浮夸了。一般这种没有底气的叫声和虚张声势的动作，链子要是真被挣断了，它就傻眼了——往前冲吧，不敢，不冲吧，没面子。电视里的喜剧片，就有这种形象，一群古惑仔打群架，最前面的瘦兮兮光着膀子拿着菜刀，敲着一身排骨喊冲，拦都拦不住。这个时候老大说，好，你先上！瘦兮兮基本就会说：哎哟，大哥我肚子疼……对，《功夫》里田启文的角色。

像这种狗，你只需盯着它的眼睛看一会儿，它就蔫了，所以只管走你的，根本不用理它。最近听说这只狗被另外两只狗把喉管咬伤了，挺可怜的，吃什么吐什么。

郑佳的长相就比较正派。城里来的狗，见过世面，冲过澡，坐过车，吃过狗粮，啃过大骨头，爱干净，长得也很帅。前段时间村里有母狗发情，专门跑到我院子里勾引郑佳。只不过郑佳闻了闻好像兴趣并不大，可能对方姿色不行吧。我觉得应该是城里来的狗眼光高，要看得上，怎么着也得是个金毛吧。

可能是自尊心的缘故，郑佳总是想在我面前表现自己。每次它的兴奋抑制不住就会飞奔到永琴院子咬永琴家的瘦黑狗，以示自己的勇猛，其实也不是真咬，就是虚张声势，刷刷存在感。由于我很少主动去抚慰它、跟它玩，每次来朋友，郑佳都会蹭上去，在人面前腻腻歪歪，渴求得到疼爱。后来公度告诉我，我才意识到，一只不被疼爱的狗挺孤独的。

郑佳很忠诚，只要一有动静，就会冲在前面，有它在，我在屋里很放心。没有郑佳之前，有两家爱占点小便宜的邻居，总是隔三岔五偷偷摸摸跑到我院子顺走点东西，都是些小东西，有时候扛走一捆柴，有时候拿走个手锯什么的，好几次差点儿偷走我的鸡。大公鸡建 × 少年时期就被邻居偷走过，后来被永琴发现解救了出来，自此，建 × 每次见到那个老太太就会冲上去啄。有了郑佳之后，爱小偷小摸的邻居就没那么嚣张了。

村里狗还是很多的，目前战斗力最强的是老孟家的狗——“可以”，年龄也大，中年狗，很老练，经历过兄弟生死，经历过被人陷害（好几次不是腿残着回来，就是脸肿着回来，明显被讨厌它的人用棍打的），如今在我们村，无狗匹敌，无敌的感觉很寂寞，比较膨胀，见谁都想比试比试。

土豆比较天真，个头小，很安全，没狗愿意跟它咬仗，和这么小个头的狗约架，欺负狗，太掉架子了。永琴家的瘦黑狗，知道自己不行，见谁都认㞞，也很安全。郑佳不行，遇到个头差不多的狗，难免不服，跟可以干过两次，却总是输。不过也挺让人佩服的，很多狗，被咬败一次，基本下次见了对方就㞞了，郑佳不是，屡败屡战，似乎从没服软过。只是，我每次去老孟家，郑佳都不跟着去，老孟来我家串门，可以也不跟着来。大概是从此陌路，两不相干了吧。

不过现在看，不服软这种个性，也不好说是好是坏，父母教育孩子都会说，适当地有敬畏心，或者不要争强好胜，遇到比自己强大的力量时，要懂得“以退为进”。可以也是，仅仅只是在这个村子里有些战绩就这么膨胀，要是来个比特犬，它冲上去，后悔也来不及了。所以我在想，如果郑佳不是那么爱表现，也许就没有今天的伤害吧。

我和郑佳 下

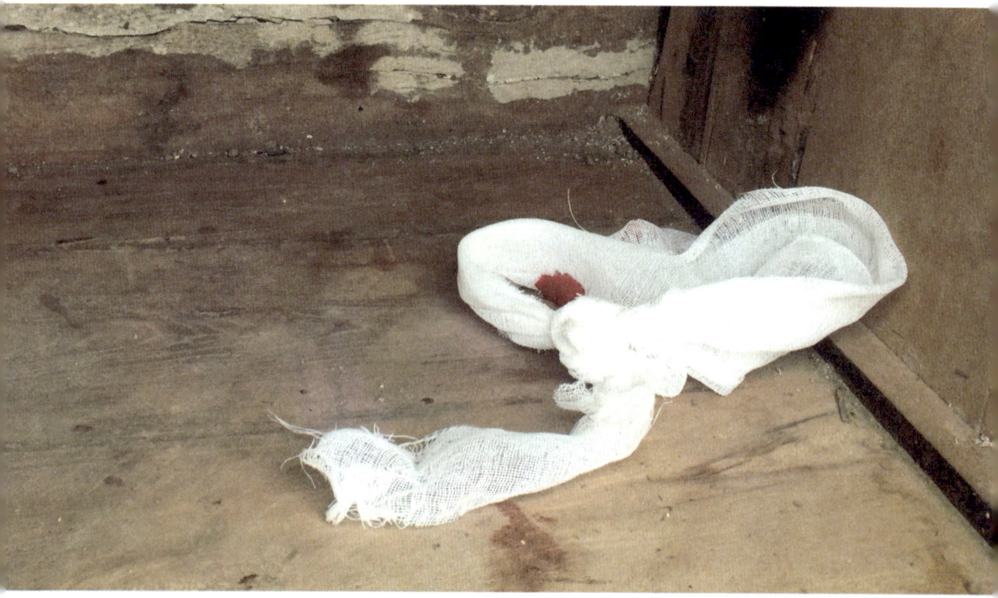

还好，雪只下了一天就晴了。

（6日）早上正在睡懒觉，才七点，就听见鸡鹅狗乱叫。隔了会儿，永琴就在窗户外面喊："二冬，快起来，狗咬伤了，血流很多！"我匆匆穿上衣服，趿着拖鞋就开门。狗咬仗这种事，也不是一次两次了，我想的是，顶多腿咬伤，或者脸上咬个疤，但出门一看，吓死我了。郑佳半边脸都是血，整个左眼珠子往外翻出来，悬吊在眼眶上，很恐怖，我想给它按进去。

一大早起来，天阴得看上去像是要下雨。

我回到屋里，拿出药箱子里的纱布，想给它包扎，但狗的头是倒三角形，眼睛长在两边的斜面，好不容易包好了，转身它用爪子就扒掉了。我只好给懂得救护的朋友打电话。朋友说，先用盐水冲一冲，或者酒精洗一洗，不然发炎的话，眼睛就肯定保不住了。可是狗这种状态根本不会让我去给它用酒精清洗啊。我只好拿喷壶，灌了点盐水，趁它不注意对着它的眼睛喷了一下。盐水啊，喷在血肉模糊被撕扯出来的眼珠子上，这要是人大概尖叫一声就昏厥过去了吧。郑佳嗷嗷哼唧了一声，用爪子扒扒眼睛就跑了，再不靠近我。

动物的忍耐性很多时候让人心生敬意，比如对食欲的忍耐。人类在极度饥饿状态下，是可以吃人的，狗却经常都在忍耐饥饿。小时候经常看到村里人端着碗蹲着吃饭，狗在旁边伸着舌头，盯着主人的碗流口水，就像奴隶主餐桌背后的用人，少奶奶用餐时后面站着的丫鬟。人类大口吃着肉，狗就在旁边眼巴巴地看。

狗对疼痛的忍耐，更是让人惭愧。你想啊，平常被踢一脚，狗都会疼得嗷嗷叫，这说明，它们的疼痛神经和我们是一样的。像那些断了腿的，被打伤的狗，并不是不疼，只是没法痛哭，只有忍耐，“独自默默地舔舐着伤口”。动物不但有疼痛，还有恐惧、怯懦、羞耻、忧郁、欢乐，以及爱，只是它们讲话你听不懂，你又不去读它的眼睛。

郑佳疼得走路都颤颤巍巍。左眼可能保不住了，我开始有些担心。天暖了，这个季节，对于一只受伤的狗来说，实在不是什么好天。跳蚤、蜱虫和苍蝇，都已经出来了，要是不能及时杀菌消炎，以后郑佳这半边眼窝都可能生出很多虫子来，会侵蚀到大脑，会死掉。我对公度说到这个，公度眼泪就流出来了。头一天公度和高非上山来玩，郑佳还好好的，我们三个喝茶，它就卧到公度腿边，一个下午都很安静。

五六点吃饭的时候，听到狗叫，我从窗户往外看，发现一只黑狗和一只黄狗都跑到我院子里吃郑佳盆儿里的食物了。黑狗我认识，一队谁家的，黄狗是个母的，前几天常看到。别的狗都跑到自己家院子抢食物吃了，根本是没把郑佳放在眼里啊。我一跟出去，郑佳就冲上去和那个黄狗撕咬起来，非常勇猛。黑狗见有人在，气势输了一半，边咬边退，一个转身就灰溜溜地窜逃了。

我们几个回屋继续吃饭，想着这事就算过去了。直到郑佳跟着把公度和高非送下山，也没人想过，第二天那条黑狗会带着被羞辱的恨再来挑衅。

公度说：“找个兽医吧，钱我出。”我说没事，我和狗主人说了，他可能带个兽医上来。同学郑佳收到我的留言，很快就回复了，说你等着，刚才问了几个地方，宠物医院说手术费要八千元。但又找了个韦曲的兽医，经验丰富，人特别好，说五百元就行了，一会儿就带医生上来。我说：“那太好了，尽快上来吧，我一会儿下去接你。”

大概中午一点，同学带着医生上来了。医生一边爬山，一边喘气说：“这么远啊……宝宝很生气。”我想大概是同学怕他不上来，就对他说很近的吧，没想到出个诊还要翻山越岭，但他说宝宝很生气，我觉得挺好玩的，就赔不是说，就当是来踏春了。

医生还是有经验的，很淡定，一路往上爬，我一路都在问些外行的话，比如有没有麻醉枪啊，不然怎么做手术啊之类的。医生说：“不用担心，有办法。”我说：“那眼珠摘除后不会留个窟窿吧？有没有像人类那样的假眼珠啊？施瓦辛格那种。不行眼罩也行啊，阿汤哥。”

医生只顾爬山呢，没我这么轻飘飘的，一边爬还能一边絮叨，喘着气说：“不用担心，有办法。”

我招呼两位进屋歇了会儿，就开始准备手术。医生让我把狗抱到电子秤上量了下体重，调剂好麻醉药。郑佳很懂事，打针的时候没有任何挣扎，十几分钟就卧倒在地上睡着了。大概又过了二十分钟，差不多进入深度麻醉时，医生就开始手术了。同学和我在旁边守着。

手术做完，郑佳尿了大概生平最长的一泡尿，压压惊吧。左眼看起来并没有像我担忧的那种有一个窟窿，仅仅只是看起来像闭着的一只眼。只是遗憾，以后只能靠一只眼和这个世界对话了。

医生留了四天的消炎针，说没事了。我也洗洗手，搬出凳子来，请他到桃花下喝茶。

聊天时知道，医生姓袁，西安人，行医很多年了。我开玩笑说他长

得有点像西域人。他笑笑，说："你这儿好，世外桃源啊。"

他说："生命本身就是一个奇迹，只是我们得到生命，认识生命，过于简单。"我说："给人看病的医生，都很少把人当生命看了。"说完，伸手剪了枝桃花。

晚点周公度留言问我，狗怎样了。我说："还好，手术比较顺利，只是这会儿行动有些迟缓，应该是麻醉药过劲了，太疼了。"我拍照片给公度看，公度说："从腿看，半边身子都在疼。要不，把你不穿的衣服给它窝里铺一件吧，这样它有你的气味，会得到一些安慰。"我说："好。"

狗仗人势，其实就是它的自信都来源于人。有你撑腰的那种爱和安全感，才会让它在别的生物面前有信心。

人受伤害很大后就会有所改变，郑佳经历这次不幸，可能性情也会有很大变化吧，希望它不要因此垮掉，能和以前一样自信。这几天，我把家里存的肉都给它煮来补身子了，还有牛奶、面。我以后再也不只溺爱土豆了。回头等郑佳眼睛好了，我就牵着它到一队，在那条咬过它的狗面前走一圈，让它重新捡起作为一条狗的尊严。

小宝小七 上

本来一个人住，养一只狗最轻松，每天把自己吃的分它一点儿，也就能养活了。两只狗的话，就得单独做饭给它们吃。但无奈我养的第一条狗是土豆，迷你款，只有两种功能，一种是卖萌，一种是门铃，看家护院的功能没设定。我一直在想，如果一开始我养的第一只狗——土豆，是大型犬的话，可能就不会有接下来第二三四五六七了。因为一座山，住着一个人，跟着一条狗，这种搭配，更符合我的审美。

第二只狗是蓝蓝，父母都是大型犬，和土豆抱过来的时间差不多，因为知道土豆长不大，所以就找了个可以互补的。山里住，狗还是应该看上去大一点儿，像个猛兽，一定好过像个萌兽。但遗憾蓝蓝在第四个月大的时候就生病死了。

第三只狗是同学郑佳送过来的，所以就叫“郑佳”了。这不是我的主意，是东旭的逻辑（如果不是带着恶意，而是温情善意的，那么有人给他/她的狗狗起名叫二冬，我倒不会觉得有什么）。郑佳是只大狗，并且送来的时候已经成年了，所以和土豆总是玩不到一块儿。哪个成年人，也不愿整天和小屁孩儿一起玩，成年狗有更广阔的追求，比如母狗。所以虽然添了只狗，但土豆却是更孤独了。

我的孤独是我自己选择的，快活。但土豆不是，土豆是被我选择的，被动的孤独，更多的是落寞。于是今年三月，我没有忍住，托朋友关系，找了一只四个月大的马犬，给土豆做伴。但仅仅不到一个月时间，这位

新的小伙伴就被人偷走了。

两个月前，高非给我打电话说他同事家有只母狗生了一窝小狗，一个多月了，问我要不要留一只。我问能长“大”吗？高非说，没问题，小狗的父母都是和郑佳一样大的土狗。我说，那留只公的。隔了一个星期，高非就把狗带过来了。那天晚上，当真是半夜十二点了，高非开车，上山来给我送狗，我打着手电，下到路口去接。

到了后，高非说，同事跟着一块儿来了。然后他同事和他同事的太太，从后座走出来打招呼。女的怀里抱个纸箱，递给我说，小狗不好养，以免哪只养不活，就把两只都带来了，一只公的一只母的。我接过来，有些纠结，有些为难地说，其实我已经有两只狗了，再养有点多，一个男人养一群狗，像个爱心泛滥的爱狗瘾患者。并且长大后，几只大狗，喂起来也是个事儿。女的挎着她老公的胳膊，两只大眼睛看着我，恳求道：“这狗在农村老家，不拿过来，父母可能就把剩下的扔掉了。多拿过来一只，它还能活命。”我一听才明白，这是自己不忍心动手，把刀递给我了。我又打手电照了下，两只小奶狗头对头靠在一起，相依为命，楚楚可怜。我说好吧。没办法，我总不能拒绝，让她拿回去扔掉，只有都留着养了。

确定我都养着了，小两口很高兴，说以后会回来看狗狗的。走之前，女的说：“对了，二冬老师，有件事想拜托你一下，我跟我老公都看过你的书，能不能不给这两只狗起人的名字？”我当时没想太多，看过我的书和不给狗起人的名字有什么逻辑关系，说“好啊”。走之后，我抱着小狗在回来的路上才幡然醒悟。这小两口真是可爱极了，一定是看到郑佳送的狗叫郑佳了，而他俩送的狗，刚好一母一公……

到家后，我给狗狗喷了除跳蚤的药，就回屋睡觉了。我躺在床上想，加上这两只，应该是我养的第五只第六只狗了，省事的话，按顺序排名，但我有个朋友叫小五，所以不能叫五，那就叫小六、小七吧。

第二天，住在离我不远处的一家邻居，到后山割艾蒿，路过我院子，看到我新添了两只小狗，问能不能送他家一只，刚好他家新盖的房子，正想找只狗。我一听，觉得缘分到了，简直是量身定做的巧合，很爽快地答应了，让他把那只母的抱回家。其实第一印象，我是比较喜欢那个小母狗的，应该是姐姐，胆子很大，自来熟，不认生，长得也相对好看。倒是小公狗总是躲在姐姐后面，有点儿蔫蔫的，但很遗憾，实在不愿养母狗。

养得越大肯定越难割舍，为了防止将来某一天，母狗长大了生一堆不知道爹是谁的小狗让我处置，于是我就把刀丢给了邻居。还好，他家离我家不远，都在一个村子一座山，以后长大点，兄妹俩也能常一块儿玩。

糯糯发微信，我说高非送来两只狗，邻居家带走养一只，现在还剩一只。糯糯问，叫什么名字？我犹豫了下，想了想，说："还没想名字呢，你说叫什么？"糯糯很高兴，说："叫小宝吧。"以前她养过一只狗，就叫小宝。我皱了皱眉头，发了个拍手称好的表情说："好啊好啊，小宝不错，好听！"于是，小六，就叫小宝了。

小宝小七 下

如果你去注意，一两个月大的小狗，是真的会哭的。把小宝的姐姐送走后的那天晚上，小宝就在屋里哭了整整一晚上，那种叫声的韵律一波三折，明显就是在哭。只是成年的狗，哭起来不吭声，所以只能从表情判断一只狗的情绪。

土豆以前就哭过，就是郑佳眼睛受伤那次。

现在想想，刚来的时候小宝蔫蔫的，大概是因为被跳蚤咬的，随着跳蚤被清除干净，熟悉了环境，整个状态也恢复正常了。小狗和小朋友一样，稚嫩天真，对这个世界的一切都很好奇。比如有天晚上，半夜我开灯出去尿尿，发现它在墙角拉了一坨“翔”，想着第二天早上再扫。第二天早上我准备去扫的时候，然后那坨“翔”，竟然消失了……消失

了……消失了……

小宝是个多动症，除了犯困的时候，几乎都停不下来，我觉得这要是个小朋友，一定是个非常讨厌的熊孩子。跟郑佳疯，郑佳不理它；跟土豆疯，土豆也有想一个人静静的时候。没办法，它就去追鸡。公鸡刚开始看它冲过来这气势，有点儿心虚，跳着躲开了。后来发现，这小家伙就是个愣头青，就反过来追着小宝啄，所以小宝现在很不喜欢鸡。

年初我跟人吃饭，就见过一个比较极端的熊孩子，不是钻到桌子底下乱爬，就是站到凳子上对着客人吐口水，还闹着要骑土豆当坐骑。我发现很多大人都弄不清天性和教养的界限，明明就是没有教养的浑蛋，但家长却认为是“小孩子太小不懂事，你怎么跟小孩一般见识”。

三只狗，小狗跟着大狗学，比一只狗自学要更聪明一些，成长得也更快。比如每次我下山，土豆和郑佳都会跟着送到大路上，小宝就也跟着去，有时候我不想让送，呵斥一声“回去”，土豆和郑佳就会转身回去。小宝应该不知道“回去”的含义，但看土豆和郑佳都转身回了，几次之后，也就知道“回去”意味着“回去”了。

不过有时候小宝学得也很形式主义，比如我下山买东西到家后，土豆远远看到就会奔过来，嗷嗷叫着，扒着我的腿，表现出欣喜若狂的样子。有时候能看得出来啊，土豆是真想我，高兴是写在脸上的，情感很真实。但小宝就不是，小宝只是见土豆很兴奋，自己觉得好像也应该表示一下，就跟着土豆在脚底下扒来扒去，除了动作，表情一点儿都不走心。

笨拙地献媚。

小宝现在差不多会看门了，有个动静，也会跟土豆和郑佳一块儿叫着冲出去。这种天性，不知道是什么时候种在血液里的，它自己也不知道为什么有动静的时候会汪汪叫。那应该是造物主给它设定的，其实每个动物都有自己被设定的本能，像小狗，很小很小，还是个孩童的时候，有动静也不知道汪汪叫。突然有一天，比如两三个月时，听到外面有动静，内心就有一股莫名其妙的冲动，想叫出来，汪汪汪。人也一样，到了青春期，内心突然就有一股莫名其妙的冲动，想爱。到了中年，突然就有一股莫名其妙的冲动，想要个小孩。

汪汪汪。

只是两个月时间，小宝的个子就已经看上去比土豆高了，不知道土豆有没有意识到这点。

想起公度《鲸鱼来信》里的一个故事：一个小女孩，叫安，在海里游泳的时候不小心吞了一条小鲸鱼，然后那条小鲸鱼就在她体内，陪伴她一起上学、读书、生活，那条鲸鱼一天天长大，小女孩也越来越强大，身边的人都不知道为什么她越来越厉害，只有她自己知道，她肚子里有条鲸鱼啊。

小宝不挑食，这点很好。即便是喂了点儿肉，下次再喂馒头也是依旧狼吞虎咽，并且这种不挑食，几乎等同于对食物没有选择性，番茄、玉米、柿子、生姜、酸萝卜等，扔点什么都抢着吃。昨天我见它在桌子下面啃东西，嘎嘣嘎嘣，以为在哪儿捡的不干净的骨头，让它吐出来，离近看才发现，是块砖。

一个星期前带着小宝去邻居家串门，看望小宝的姐姐。两只狗站在一块儿的时候，邻居家的那只竟然一点儿都没长，和刚送上来时一样。知道农村人喂狗比较糙，实用主义嘛，但这种看上去几乎一点儿都没喂过的喂法，还是让我有些震惊。

可能是我矫情了，似乎自古以来，土狗在农民眼里，都是低贱的看门工具，而工具的价值是实用，被物化的，所以不用考虑感情。并且这种对狗的轻贱，即便是在现在的农民眼里，也从未改善。记得去年我说冬天太冷，给狗再单独盖个更暖和的窝，村里邻居就笑话我，说谁家还给狗盖窝，狗自己就找地方卧了。所以，这也是为什么在现有的词汇里，“狗”是骂人的词语，低贱的物种。

几千年的轻贱，让我们的土狗脸上有一种深重揪心的苦难。

当小宝以高大一倍的身躯站在它瘦小的姐姐身边时，除了看见命运，还发现小孩子在成长期，确实是应该加强营养的。高非说现在的小孩，大多都比父母高，在他单位旁边一块吃饭的时候，他还指着外面高新一中刚放学的孩子，说：“你看，这些中学生，个个都一米八。说中国人整体个头儿是不低的只是前两千年。”

我有些不忍心小狗的处境，就跟邻居说：“不行我先把狗抱回去，等养大了再送过来吧。”然后就把小宝的姐姐小七，抱回来了。

抱回来的第一天，郑佳就对这只小狗表现出超乎寻常的兴趣。真是的，不是说好的不喜欢跟小屁孩玩的吗？原来小萝莉就可以考虑啊。说实话郑佳只近女色这点，很让我反感，因为好几次，过路的陌生人路过我院子，只要有女性，它就过去摇尾巴在人家身上蹭，完全没有一点儿责任感。我一个朋友，说她家养的母猫，在她老公面前的表现明显比在她面前更温柔，更享受。异性相吸，原来是不分物种的。但小七实在太小了啊，痴人之爱。

小宝和土豆算是有了伴，郑佳也有了愿意陪着玩的，对于它们来说，都算比较圆满了，但对我来说，照顾四只狗，以后还会有三只大的，确实摊得有点儿太多了。现在想着以后会把小七送回去，但我觉得等养大后，要真是送回去，估计会有很多不舍。因为一个人对狗的感情，源于生活里你和它的那些互动，它的存在，是你记忆中的一部分，所以才会有感情。就像土豆要是老了离我而去，我想我肯定会像失去了亲人一样怅然无措。但如果压根儿不认识土豆，也没养过的话，对我来说，跟邻居家的狗或者流浪狗是没什么区别的，它自"生死有命，富贵在天"。

爱狗，对我来说，是因为某个特定的狗是我记忆中的一部分，点点滴滴的细节。对陌生的狗，就不会有这种感情，顶多是尊重，或者同情，我尊重狗作为狗的存在，不吃狗肉，也不虐待狗。同情一只陌生的狗，是我们人性里的恻隐之心。爱狗，其实和慈善一样，每个人，都有自己的一个界限，超出内心的那个界限，就是伪善。

应是一切，自然而然。

郑伯光我跟你说，看门狗和宠物狗不同

我的狗背叛了我。上个星期，我有几天不在家，去了一趟郑州，走之前留了些麦子和狗粮，让邻居帮忙照看。后来了解到，我不在家那几天，来了个陌生人，都穿过大门走进院子里拍照了，狗都不叫，如入无狗之境。失望之极，那么多狗粮白吃了，感觉养了一堆宠物。

前天晚上到家后，就决定和这几个叛徒绝交三天——三天之内，只谈义务，不谈感情。尤其是郑佳，真是醉了，一个看大门的，来人是男的，就装腔作势叫两声，是女的，就摇着尾巴放行，完全没有一点儿狗的责任心。我看干脆以后不要叫原来的名字了，叫郑伯光吧。

看你那样儿，叫郑伯光吧！

郑伯光贪恋女色的行为不是一次两次了，每次来找我玩的朋友里，只要有女的，它就摇着尾巴在人家身上蹭，赶都赶不走。至于土豆跟小宝，完全是跟着大哥的意识形态走的，大哥咬，它俩就跟着叫；大哥都摇尾巴了，它俩还狂吠，多尴尬啊。

据说，拴过的狗，脾气都不太好，大概是长期失去自由，有怨气，就发泄在狂吠上，很凶，很暴躁。从实用性上来说，养狗看门，是用来震慑的。卖萌和陪伴，只是它的附加值。不过城里的狗大多只需要陪伴的附加值，负责懂事和卖萌就够了，所以是宠物。但农村人养狗，初衷几乎都是用来看家护院的。

老孟家以前的可以，就很好，咬了好几个人，我们村里，人人都怕，没人敢从老孟家门口过，所以老孟也从不丢东西。而我的狗，郑佳和土豆，陌生人经过也叫，狂吠几声，但对方一招手，说好了，好了，乖，别叫了，别叫了，然后它俩就真不叫了，开始摇尾巴。

所以我经常丢东西。

这次养的小宝，倒是很争气，只要陌生人经过，管他男的女的见过没见过的，都会追着咬，很尽责，很有一只狗应该有的属性。所以我很担心，如果小宝在成年之前，被郑伯光这样带下去，耳濡目染，以后恐怕也会越来越不作为了。因此我也曾想过，把郑佳拴上一段时间，等小宝长大了再放养，不然总感觉它的性格，真的会把小宝给带沟里去。

散养的狗，性情倒是自由奔放，但在工作上就会很散漫，像我一样，早饭吃完，中午十二点，写一篇文章，拖延很多天。但所幸，写作、画画不是我的职责，也不是我的属性。而看门狗就不同，偶尔还是应该拴一拴，看门是前提，也是它的宿命，更重要的是，面对人性阴暗的那面，有时候，恶比善可能更有效。

杏花香就是杏花香，和别的香都不一样

1

院子里有一棵杏树，是我在山上第二年的时候，从后山挖来栽到院子里的。据说院子里是不可以栽杏树的，因为“红杏出墙”嘛，而我这棵杏树栽的位置刚好又在墙角，感觉一不小心就出墙了。但这棵杏树我照顾得比较好，它本身在后山树林里，移栽下来后，每到夏天浇菜，我都会连它一块儿浇，周边没有其他植物的分流，营养就非常好，每年它结的果子，又大又甜又干净。

我记得去年，大概是因为雨水过多，果树的果子普遍生虫，几乎我们山上每棵杏树结的杏掰开后都有虫。要不虫已经吃过了，要不就是虫正在吃。有时候虫正在吃杏，哼着小曲儿，我也正在吃杏，两个就在一

颗杏上碰着了，一般我和虫都会相视一愣，然后互相恶心对方。

但去年我院子里这棵杏树的果子竟是一个生虫的都没有，一树的果子，每个都是又大又甜又干净。后来我想这可能跟种菜一样，大多菜地生虫，都是因为土地不够肥、草太多或者水没喝饱。营养不良，免疫力就会差，免疫力差，就容易生虫。这棵杏树就是，我对它照顾有加，夏天有水喝，春天有给它拍照，并且这个院子这块地，就它一棵杏树，所有养分它都有优先权，生虫是没有理由的。而我又很少离开这院子，只要它哪个枝的长势是冲着墙外去的，基本在发杈的同时就被剪了，以绝后患。出墙，更是没条件。

2

我努力寻找词语，最后觉得，杏花的味道，应该有点糯米的香。但

我又仔细想了下糯米的香，发现也不一样，只能说“糯糯的花香”。

杏花香就是杏花香，和别的香都不一样。

3

每个物体都有它所散发的气息，每个意象都有它所对应的词语。为什么形容姻缘用桃花运，不是杏花呢？大概就是在归家路上，桃花落一片在头上，是粉红色的印记，而杏花梨花都偏白的缘故。

桃花运，听起来就像落在眉角额头的口红印，还是明星同款的。

4

西安的春天很短，不过人生中最美好的绽放，想来都是一小段。花开七天，一天便是一年。

小 花 花

以前我并不怎么注意花，包括现在也觉得花多了，会让气质显得太阴柔，或是日子显得太丰满。我喜欢盆景，枝干苍劲，或巧拙，书法的线条。只是后来受糯糯影响，对花的注意开始变得多起来，才发现有时候花开在属于它的季节和环境里时，确实挺动人的。

女人更适合花，弯着腰，脸蛋凑到鼻尖快要贴到花瓣的距离，闭上眼睛，裙子和小草，同一个频率游动。或是花丛，比花还要好看的姑娘，就站在花丛中，阳光会从云缝里挤出来，打在额头上。

野豌豆，上个月还在开吧，连成片的时候，其实不比薰衣草差。只不过薰衣草有被赋予的附加值，比如偶像剧的美女帅哥喜欢薰衣草，普罗旺斯象征着薰衣草，所以薰衣草就比其他草好，有美人的香和法国的浪。

▲只是我们村的野豌豆，都用来割回家喂牛了，牛很爱吃。

▲芝麻芝麻

▲葱花不是“葱花”

▲波斯菊，是我撒的花种。

▲兰香草

▲八宝花

▲金丝桃，简直妖孽。

▲硫华菊，去年我种了好几种花，最后发现，最爱这个。

开始我觉得遗憾，想给它重新命名，改一个，听起来就很柔软的花名。因为每一个词语都是有它对应的意象的，就像“莹莹”和“建刚”，质感明显就不一样。

不过后来，听说它有一个比较民间的名字：黄秋英。

◀刺儿草，叶子带刺。但可以当菜吃的，开水焯一下，叶子上的毛毛刺儿就软掉了。

刺挺吓人，但不够硬。

其实学名挺好听的，叫小蓟。

小蓟，有蜜桃的胸部，短发。

◀大红色的蜀葵，太妖艳了，有点撑不住。

需要一个有着性感嘴唇的女人来配。

◀黄秋英，就很黄秋英。

◀这簇小花太使人迷乱了，随风晃动，光影斑驳，清纯的气质跟我的中学时代一样。

但我查了下，这个不能乱吃，因为它有一个响亮的名字——淫羊藿。

宋国有田夫，常衣缊黂，仅以过冬。暨春东作，自曝于日，不知天下之有广厦隩室，绵纩狐狢。顾谓妻曰："负日之暄，人莫知之，以献吾君。"——《列子·杨朱》

一直觉得，"负暄之献"完全是个正面的故事，只是后世解读的时候，朝着反方向去了。你看，宋国有一个农民，家里很穷，但晒太阳的时候，却能沉浸于晒太阳的幸福中，并且他意识到，那种幸福，是很少有人发现的，王肯定也不知道。当他在太阳底下，被暖暖的光铺满全身的时候，其实恰好是他开悟的一个瞬间，那个瞬间他发现，这个世界上没有多少人会真正地心无一物地感受过"晒太阳"这件事，王肯定也没发现过这个秘密。

就像我觉得，其实没有多少人发现，一朵小花的楚楚动人并想要分享给你们。

小 鸡 鸡

——原始性欲的魔性和非理性。

为什么当我们听到“小鸡鸡”这个词的时候觉得很可爱，听到“大鸡鸡”的时候，就觉得很恶俗呢？因为，当男人还是孩童时，身体也是圣洁的，当它慢慢变大，便成了所有羞耻的源泉。

很意外，小七这么小，竟然开始发情了，感觉还是未成年。不过想想人也一样，男孩子大多十二三岁就开始有性幻想了，只是和动物不同，少年大多是刚开始萌动，就被道德环境和基本认知给压下去了。而狗只要开始发情，就会无条件去做，所以想来原始人应该也都是十三四岁就开始生育了。

其实所谓狗发情，指的是母狗发情，因为公狗一直都可以，而只有到了母狗发情期，公狗才变得蠢蠢欲动，欲罢不能。也就是说，到了一定的年龄，发情季节的时候，其实是母狗散发出了一种类似于香水一样的物质，刺激了公狗的性冲动。对，物质，就像我们说一个人她浑身散发的味道，这个味道，就是一种弥散在空气中的物质。和香一样，是可以具象的。

就像土豆，土豆最近从早到晚，一直都追着小七，在小七身上比画，随时随地，不分场合，反复做着各种不能描写的动作。但它也可怜，腿

太短了，每次都只能在小七的大长腿缝里和背上蹭，从来没真正贴近过。小火棍烧得通红，却始终无法冷静，所以除非帮它垫个小板凳，不然它永远都停不下来。

性欲也实在可怕，现在扔个火腿肠土豆都顾不上吃了，前天晚上我把小七单独关在外面，三只公狗嗷嗷叫了一晚。早上醒来一看，把大门都啃坏了，这该是有多么的压抑。

动物和人一样，性欲上来时理智是不可控的，所以禁欲加节制等于文明。想起几年前上海地铁女乘客被骚扰后，女权主义者打出“我可以骚，你不可以扰”的抗议，引发过一系列“被骚扰是否跟穿得多少有关”的争论。其实被骚扰，的确和穿得多少没什么关系，因为这个多少，是相对的，比如20世纪60年代，女性都是黑蓝粗布工人服的时候，一个女人突然穿件白衬衣，都能让看见她的男人止不住地喘息；往前推一百年，长衫长裙极端禁欲的社会背景下，少女浣纱卷起半截小臂，就是撩拨；所有的“少”都是相对的，和社会开放程度、宗教信仰有着密切的关系。在更加开放的西方，裸体主义者聚集在一起交谈，每个人都很放松，也没见有哪个身体是丑恶的。所以禁欲加节制等于文明，这里的禁欲和节制，指的都是人们相互内心的洁净，和穿不穿衣服无关。

我一直不太清楚，公狗和母狗交欢，粘到一块儿时，到底是母狗“锁住”了公狗，还是公狗“钩住”了母狗。有天在山顶玩，郑佳和小七就粘到一块儿了。我才发现，公狗一旦与母狗交欢，发泄起来是很快的，也就几十秒，但发泄完之后被粘住的时间，却有几十分钟那么久。并且这个时候，没人能将它们分开。如果强行把其中一只狗抱起来，另一只狗就会被悬空挂着，甩都甩不掉。

那天我是爬到山顶看日落的，一不留神，两只狗就粘到一块儿了，我只要一走，两只狗就很着急，相互撕扯，嗷嗷惨叫，听着都很疼。搞得我那天只好坐在山顶，守着两只串成一串儿的狗，天都快黑了才回家。

小七挺可怜的，并不是母狗发情没有快感，也不存在羞辱，而是被一群公狗一天到晚追着轮番蹭，感到厌烦。尤其是土豆，一直没结果，就一直像树懒缠着树一样扒在小七身上，不分日夜，弄得小七满背湿漉漉的口水。

其实这一天，开始收到这只小狗的时候就想到了，只是没想过来得这么快。宠物医院的朋友说，做绝育，最好是在开始交配的时候手术，所以我叫了辆车，把狗带下去了。

说真的，到了这个程度，我自己是非常想让它做这个手术的。因为这里面有几个问题，首先是如果一只土狗，母狗不做绝育的话，送人都没有人要。这不是歧视，小时候就问过好几个邻居和朋友，都因为是母狗，对方就不愿意收留。还有就是如果我带回山上继续养，那它每年就会有三次发情期，有人说在发情期的时候，把狗隔离关上一段时间就行了，但问题你都不知道什么时候会来，基本上都会是，当你注意到它的时候，它已经怀上了。那个时候，你又会面临一次生杀大权。

让狗生下来，也不是长久之计，狗狗生小狗和人类生育是一样的，有时候也会难产，或者带来其他身体机能的退化。再者，大多数小狗生完都被丢掉了，成了流浪狗，可是流浪狗有流浪狗的江湖，有势力范围，除非这只狗成年后非常霸道、凶恶，它才能在这个流浪的生活环境里面过得很好。不然它就会经常被欺负，被打断腿，或被咬掉耳朵。不像狼或者其他天性野生的动物，狗在上千年的进化中，基因里就很渴望依靠一个人，渴望人的陪伴和抚慰，所以内心有一种天生的孤独感。

另外就是我这里，三只公狗，一只母狗，狼多肉少，一生每年都有数次被骚扰，被蹂躏。基本无解。

但母狗做绝育手术这事，我打听了朋友才知道，竟然还是个很大、很残酷的手术。据说要把狗的肚子剖开，扒拉扒拉肠子，找到卵巢，摘除掉，然后把肠子塞进去，再缝上，整个过程相当于人做一次剖宫产。而公狗就比较简单，咔嚓一刀就完事了，不过却很少有人会主动去阉公

狗。突然明白了，为什么女人总容易把自己放在一个受害者的语境里面。

没人收留、被骚扰、被蹂躏、被阉割，还要吃避孕药、受分娩之痛，太可怜了；仅仅就是因为它是母狗。弄得我突然就很低落，特别可怜这只小狗。也刚好，宠物医院的医生，这两天不在家，我把狗寄存在了城里一个朋友那儿。可是如果不手术，肯定无法在山上受罪。送人，更残忍，一只土狗，比较好的归宿就是被一个有院子的家庭收养，拴在院子里，有吃有喝，作为一个门铃存在。不然谁也不可能让一只土狗在人群中肆意奔跑。最理想的，还是我自己养，吃得不算好，但起码有一座山可以奔跑。

从未如此纠结过。

一只狗的承受力

大部分城里的猫狗，都是被阉割过的。跟古代被阉割过的人的变化一样吗？在人对狗的主观审美里，被阉割过的状态，就是最可爱的状态。比如说大多数被绝育后的猫狗，都会变胖，其实是激素分泌紊乱造成的，但我们会觉得，胖胖的更可爱了。这挺尴尬的，据说孔雀开屏，一种是为了求偶，展示肌肉；一种是表示愤怒，类似于竖中指。但公园里围观的人，一看到孔雀开屏就很欢喜，开屏了开屏了，快点拍照。其实孔雀的意思是：“！！！”

小七昨天绝育，倒是顺利，只是看着实在灰暗。我下去的时候，手术已经结束了，它卧在笼子里，垂头低眉，一动不动，我把手伸进去，摸了摸它的头，它才抬眼看到是我。医生说可以打开笼子，然后它就颤颤巍巍站起来，从笼子里走出来，偎到我怀里，尾巴摇起来，缓慢而沉重，像坠了块铁。

被摘除了卵巢和子宫，不知道它心里可有恨我。

应该也不会，一只狗的承受力和认知，是人这个物种远远不能体会的。就说郑佳，去年眼睛瞎了一只，做完晶体摘除手术，醒来后，当天下午就能小跑了，并且更让人无法企及的是，瞎了一只眼后的狗，一点儿都不会因此产生悲观的情绪。没有羞耻心，也没有美丑概念，所以根本不存在悲观。或者说，公狗的世界，势力和战斗力即是美，残疾和丑陋都不是衡量一只狗美丑的标准。想想，这要是一个帅哥，跟人打架，瞎了一只眼，估计早就抑郁了。而现在郑佳和以前一样潇洒，我估计他都不知道自己左眼“瞎了”，只是耍酷的时候，有点奇怪，怎么世界比以前看到的窄了一半……

一只狗完全凭本能思考，像土豆，招手就撒欢儿地跑来，挥手就蔫蔫地离开。被莫名其妙地责骂，就低着头小心躲远点儿，一旦听见召唤，顿时就喜上眉梢，摇着尾巴就奔向你。太厉害了，哀喜之转换，完全不需要任何过渡。这似乎只有在古龙的小说里才会有的人物：因为信任，被欺骗被误会被羞辱，都不会记恨，然后在你想要他回来时，依然义无反顾。

本来是想把这只母狗寄存到宠物医院养的，但它自愈的能力比我担心的要快得多，只是一天的时间，都已经可以摇着尾巴跟着我跑了。医

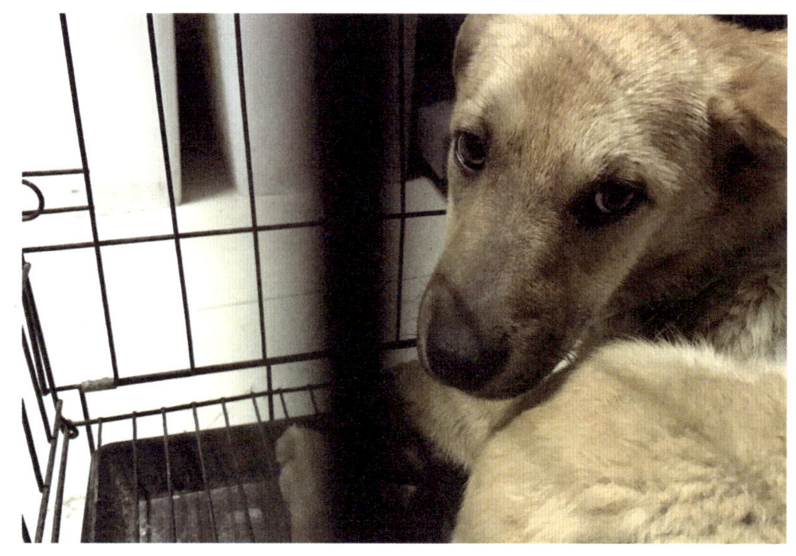

生说带回去好，如果担心被其他狗碰到，就带个笼子。然后我就把狗带回山上了。回来走到韦曲地铁口的时候，买了三只烧鸡和两块猪头肉，再加上我冰箱里冻着的排骨，我觉得一个星期拆线之前，应该让小七每天都有肉吃，并且要让另外三只狗围在笼子外面看着它吃，要让它有特权，平衡这些天来所有的不快。

永琴的狗

永琴的狗和永琴在我们村的地位一样，很弱，食物链的最底层，大狗、小狗都能欺负它。

最早我还没住上来的时候，上山找房子，路过永琴家门口，远远看见一只黑狗，心里还提防着别被狗咬了。我战战兢兢，正琢磨着要不要找根棍儿时，狗看到来人，吓得躲屋里去了。当时我就觉得，这狗真㞞。不过好在毕竟是只狗，虽然很㞞，但黑狗也不忘初心，我走很远了它还躲在屋里，透过门缝怯声吠叫，很敬业。

住上来后，跟黑狗做了邻居。那时候我还没养这么多狗，只有一只鹅帮我看门，于是黑狗怯懦的叫声，就成了我夜里判断动静的警铃，还是很有用的。

五年前，黑狗看起来和现在一样，枯瘦如柴，老孟家的两只狗——可以和富贵，每次见了它都会欺负它，把它围堵在墙角，轮番恐吓。次数多了，竟是养成了习惯，很长一段时间，可以和富贵两兄弟吃饱后没事干，就会一块儿跑下来，堵着这只黑狗追咬——吃饭睡觉打豆豆。导致这位“豆豆”只要一见到可以和富贵跑下来，就开始两腿打战，尿裤子。

挺可怜的，一点儿都不好笑。

直到后来富贵生吃腐烂的野猪肉，吞食内脏时，卡住喉咙被噎死了，可以便没再怎么下来过。

我的大内总——郑佳，刚送上来时，总是跟可以打架，见面就咬，很血腥，每次都败，但始终不服，屡败屡战。按说志气倒是可以，但不知什么时候开始的，吃了败仗后，也学会了跑去欺负黑狗（找自信吗），吃饭睡觉打豆豆。

我觉得这太贱了，本来养它是看门的，但遇人就摇尾巴，遇狗却势不两立，还欺负弱势群体，太低劣了，看不下去。所以每次只要听见它欺负黑狗，我就会提着棍棒跑出去呵斥。直到有一天，可以跟郑佳狭路相逢，又打起架来，一边观战的黑狗却突然蹿上去，跟郑佳一块儿，围攻可以，把可以咬得落荒而逃。这确实出乎意料，按道理来说，对于黑狗，两个仇家打架，应该坐山观虎斗，拍手叫好才对，没想它会过去帮郑佳。

后来我才知道，原来郑佳欺负它时，并不是真的咬它，只是吓唬它，而可以欺负它时，是真的下狠手。因为我发现，每次郑佳朝它走过去，还没准备好冲它吼，它就开始很配合地夹着尾巴嗷嗷惨叫，郑佳围着它，咋咋呼呼，喊两声，黑狗就惨叫两声。反复两三次，郑佳就开开心心地走了。

感觉它俩的矛盾，似乎变成了相互之间的一种游戏。你要存在感，我就给你存在感，本来就打不过你。所以常常看到郑佳跑到黑狗身边，手扬起，还没到黑狗脸上，黑狗就"扑通"跪下了；一抬脚，离黑狗下巴还有半米远，黑狗就开始求饶，像是设计好的。然后郑佳很满意，黑狗也很高兴。

但可以和富贵欺负黑狗时，是真的凌辱，拳打脚踢，还掌脸。所以才有那次出乎意料的帮忙——敌人的敌人，就是朋友；这两个浑蛋都欺负我，但我最恨那个更浑蛋的。

不过，狗性和人性都是动物性，可怜之狗也一样有可恨之处。在郑佳还没送到我家之前，我养了两只小狗，土豆和蓝蓝。当时土豆还小，蓝蓝也是两三个月大，每次我给它俩煮的面条，放在门外给它们吃，黑狗就会趁我不注意，抢走土豆盆里的食。有时候，连喂鹅的馒头，它也给叼走了。并且因为是邻居，土豆、蓝蓝和它很熟（或者太小不懂事），反而隔三岔五，就大摇大摆地钻到我院子里，偷东西（现在有机会，还是会偷鸡蛋），非常讨厌。

还有就是，这只黑狗，虽然其貌不扬，撩妹倒是有一手。蓝蓝（母狗）从小跟土豆一起长大，青梅竹马，长到快半岁的时候，却突然和土豆疏

离了，整天和这只黑狗厮混在一起。大叔手段就是高，奈何土豆还小，不会花言巧语，也不懂有好吃的要先给蓝蓝吃，于是只能被孤立。

但黑狗的好日子也没过多久，一两个月后蓝蓝就生了病，重症感冒，死掉了。再后来，就来了个让它一直到现在都心有余悸的疤面煞星——郑佳。

也挺可怜的，我在山里住有五年了，初见时这只狗就有老态，那说明它至少也得十岁以上了，相当于七八十岁的耄耋之年，现在走路都有点儿罗圈腿。不幸的家伙，生在穷苦人家，一生没吃痛快过，遇到对手，从来都是抬不起头。好在残喘苟活的日子里，还有永琴对它不薄，自己有饭吃，它就有饭吃，也不嫌弃它，天一冷就让它进屋睡；没被拴过，也从没挨过打。起码不像有些狗，还没活到这个年龄，就被偷走吃掉了。

大隐土豆

//

1

秀秀讲他家以前有只狗，个子不高，毛很长，头发遮住半只眼，看人都是从发丝缝里看。很酷，独来独往，像个剑客。后来夏天太热，被主人按住，把毛剪了。秀秀说，剪完后，那只狗就抑郁了，彻底变了。

土豆也是个儿不高，毛很长，但没有那么酷，走的是呆萌路线。我一直觉得土豆这种狗应该就是民间艺人雕刻拴马桩狮子的参考对象，因为最早狮子的形象一定是冰冷的，西域传来的猛（灵）兽嘛。所以对它的描绘也必然是凶狠的、高高在上的、刚气逼人的。但由于狮子在古代是很少有人能见到的，于是传到民间艺人手里后，就变成了狮子“狗”，有了人气。不然你看那些拴马桩的狮子，个个都是稚笨呆萌，憨态可掬，写满了民间匠人对宠物的爱意。这也是民间艺术最动人的地方，总是能将那些遥不可及，高高在上的东西，变成和自己息息相关的生活情趣。

2

土豆很会表现，每次我下山一趟，回来时，它都会表现出异常的欢愉，扒着我的腿，嗷嗷乱叫，表情动作都很浮夸。开始我以为它是真的太想我了，喜形于色，后来发现，并不是每一次的兴奋都是真的思念。因为有几次，我回来后，行李没拿完，要返回一趟（土豆已经欢迎我一次了），隔了十分钟再次拖着行李上来时，又看见土豆远远等着我。我想着刚见过面，应该很淡定了，但当我走近，土豆迟疑了下，竟然还是奔过来了，跟第一次一样，重复着十分钟之前的动作：扒着我的腿，嗷嗷乱叫。不

过第二次的表达明显动作很僵硬，很勉强，表演的痕迹很重。

狗的心思还是能够轻易就读出来的，就像小朋友不会假装。因为如果是下山了好几天，真的很想我，基本回来时，我只要远远露出一个身影，土豆就会狂奔而来。那个时候的土豆所表达出来的兴奋，很真诚，很感人。我也很想它。但如果我只是上午下山买东西，中午就回来了，土豆就会在远处远远看着我（一动不动，感觉在酝酿情绪，想着一会儿怎么表演得更真实），一直等到我越走越近（实在不想动），快踩到它了，它才跳起来，扒着我的腿，表达它的“欢愉”。动作依旧很僵硬，很勉强，表演的痕迹很重。

3

土豆以前偷吃鹅蛋，说“以前偷吃鹅蛋”是因为现在不偷了，不敢偷了。记得那年冬天，土豆刚刚学会偷吃鹅蛋，每次我去收蛋，都只剩旁边一堆碎壳。这蛋偷得太不专业了，要吃，也要叼到隐蔽的地方吃啊，这一堆蛋壳，太暴露了。之后有一天，三只鹅都在外面闲逛，我从屋里出来，刚好看见土豆正撅着屁股在鹅圈里寻摸。这下可逮个正着，于是我蹑手蹑脚走过去，一脚就给它踹到鹅圈里边去了。估计土豆正在埋头啃蛋，一叶障目，以为自己头在鹅圈里，藏得很安全，没想过后面会被人发现，只觉得屁股突然被人踹了一脚，“咣当”摔了个跟头。看见是我，它立马吓得惊慌失措，连滚带爬，嗷嗷叫着就跑了，追都追不上。

后来一段时间，鹅蛋就没再丢过。

一个多月后，我有一个多星期没收到过鹅蛋（在下蛋季，鹅基本是两天一个蛋），还以为是过了下蛋季，鹅不下蛋了呢。直到有一天，我在屋里写字，抬头看到外面下起了小雪，便放下笔，站起来，走到窗户前看雪。就在那一瞬间，一个黄白色、臃肿的身影，左顾右盼，从大门进院儿，悄无声息地走向鹅圈……这下可把我气坏了，原来还是土豆偷了啊。竟然学会了叼走藏起来吃，成功躲过了我的视线。于是，我怒气冲冲地推开门，快步走出去，站到土豆面前。土豆一转身，噙着一个把嘴巴撑得很大的鹅蛋，看到我，放下也不是，叼着继续走也不是，很尴尬，一紧张，竟是呆住了。

这次就跑不掉了，被我堵住，一顿好打。

很有效，驯：使顺从；化：性质或形态改变。语言不通时，音调和动作，就成了表达情绪最快的捷径。或者说，打和骂（震慑）。化，其实是被奴役的结果，顺从久了，性质或形态自然就变了。疼痛和恐惧，必然是最早驯化的手段，很残酷，很有效。从那儿之后，土豆看到鹅蛋，就像看见一块带刺的石头，都是绕着走。

只是，驯化不是为了奴役，还为相处，相互尊重，所以，鞭子和糖交替使用。“麻雀”可以感化，“豺狼”应该驯化，讲道理不通，就有了“刑”，统治者擅用。

4

土豆爱吃火腿肠，且吃火腿肠的样子可以用惨烈形容。城里的猫狗吃火腿肠，会把皮咬破，把肉吃完，留下皮和两头的铁圈。土豆第一次吃火腿肠时，跟猪八戒吃人参果一样，竟是连皮，带两头的铁圈一块儿，一口吞下去了。并且，几乎看不到有咀嚼的动作。我担心铁圈拉不出来，塑料皮粘到肠胃，就只好每次喂它们之前，把两头的铁圈剪掉，把火腿肠划成一小截一小截的。所以，为了提高效率，逢年过节想给它们惊喜时，都会挑那种超大号的火腿肠。

我觉得土豆老了要是跟别的小狗讲当年，一定是这样的：“我年轻的时候吃过一样东西，那年是个暖冬，冬大大走了好几天，回来的时候从包里掏出五根又粗又壮、圆滚滚、红色包装的食物。那个东西以前也吃过，高非叔叔每次来我家，都给我们带几根，只是那是小号的，一口就吞了。所以到现在我只记得那个食物很香，太香了，香得到现在只记得香，口感什么样却不记得了。

“那天冬大大回来，从包里掏出五根超大号的，分给我们吃，每个兄弟都抢到一根。太刺激了，从来没见过那么大的，比我两条腿并在一块儿都粗。那大概是我一生吃的最好吃的食物了。”

5

为争交配权，土豆被郑佳咬了，耳朵和前爪都被咬伤了，走路一瘸一拐，可怜得很。为了一个女人打得头破血流，兄弟都不做了。

我还是很心疼土豆的。由于腿短个子低，每年发情都没有结果，因为全村没一只母狗是和它体形相当的。动物和人略有差异，人在冲动的时候，有道德、理智和法律的约束，是可以自制的，但狗到了发情期就真的什么都不顾了。就像土豆现在，走路一瘸一拐，耳朵带着伤的情况下，还在忍着剧痛翻山越岭，去远在一公里之外的养了母狗的村民家（**一到发情季，全村的公狗都去了**），彻夜不归，仅仅就只为了能在混乱中等到一丝机会。

但可怜的是，由于腿短，又没战斗力，土豆年年发情，年年落单，快中年了，还是个“处男”。每年都忙，但每年都是瞎忙。

6

有了小七后（母狗），土豆发情期再也不用跑去邻居家排队了，而是从早到晚，一直都追着小七，在小七身上比画。随时随地，不分场合，反复做着各种不能描写的动作。但很奇怪，土豆不管做多么猥琐的动作，我都觉得挺搞笑的，大概是腿太短了，每次都只能在小七的大长腿缝里蹭的样子很滑稽，想给它垫个小板凳。而换了郑佳扒在小七背上比画时，我却莫名生出一种厌恶感来，很突兀地不适。

后来我发现，应该是郑佳平日的作风、形象太正派了，当正派的面孔，突然出现在邪恶的事情上时，那种突兀感就很强烈，猥琐显得尤其猥琐。而土豆，这种笨拙的面孔，出现在邪恶的画面里时，猥琐的丑态也被姿态的滑稽削弱了；当然，还有一种，本来就邪恶，所以猥琐的时候就很谐和，稀松平常的感觉。

就像我们总是对坏很宽容，对好很苛刻。

7

有时候觉得，土狗确实好，免疫力强，也不挑食，口粗，像郑佳、小宝，给什么吃什么，花椒、辣子、生姜、蒜都嘎嘣嘎嘣嚼着吃。但像土豆这种宠物狗就很挑食，只要闻见炖肉的味道，宁愿饿两天盼着那点儿骨头，也不吃丢给它的馒头。

也是有资本，农村人养狗都比较糙，同村其他狗的地位都很低，都是吃泔水食剩饭，饱一餐饥一餐的，且基本都没有自己独立的窝，夏天卧树荫，冬天卧门檐。土豆不但有狗粮吃，偶尔还会有火腿肠或排骨这种大餐，有单独的窝，和其他人家的狗比起来，活脱脱就是一个地主家的胖儿子。当然，要是跟城里那些宠物狗比起来，土豆的优势就显得很可怜了。城里的狗，顿顿都有火腿肠吃，都吃腻了。夏天有人给洗澡，冬天屋里有暖气，还有柔软丝滑、毛茸茸的窝。如果生在过分爱狗的单身妇人家，时不时还能被女主熊抱，一对酥胸夹脸，直接就上天了。

8

植物只需要阳光和水就能满足地活一生，你看它们，太阳出来就很好，渴了，一点儿水就很欢乐，能做到植物那样的，是佛。土豆的话，比植物的需求多了一点儿，除了吃好睡好，还得撒欢儿奔跑，还要交女伴，这些都能满足，就是最好的一生了。

9

正是因为生活中所需极少，土豆似乎永远长不大，不是说它的个子，是内心永远也长不大。不关心家国天下，其他狗都慢慢变老了，土豆依然还是个孩子。

10

去年深秋带土豆下过一次山，一路上都在教它往边上走一点儿，要

躲汽车，跟紧我。土豆除了不怎么会躲车，其他都很配合，左看右看，寸步不离。作为伙伴，感触颇多，它像一个穿越到现代社会的古人，看见什么都很紧张好奇、不知所措——我觉得它应该比我的感受更深刻。土豆身上有很多我会用一生学习的东西，比如简单、天真。能在以后的生活里，做到和土豆一样，吃饱喝好，撒欢儿奔跑，就接近道了。所以以后谁要再敢称隐，就让他和土豆比一比。

去年那次下山，回来后，我一直不确定对土豆来说是好是坏。因为它的世界本来很大，一座山都是它的，鸡、鹅、猫都不是对手，因为有大哥郑佳的撑腰，永琴的狗也对它的小短腿敬而远之，但那次下山，似

乎一下子把它的世界给缩小了。就像我，之前没出过国，也没觉得有什么，世界很大，一百多个国家。有一天需要出国时，我却发现，世界很大，一百多个国家，但我的活动范围却就只有这一个，在那个终点，有一堵无边的墙，那堵墙只有一个叫海关的小门，被把守着。于是就有种被禁足的不痛快。

不过现在看起来，土豆好像比我更智慧，应该早忘了下过山这件事了。

后记：今年十月底，玩了几年连连看，都没连上的土豆，终于连上了一只同样短腿的小母狗，虽然对方有点丑。

狗这个物种，前世今生

大部分的狗和他的主人长得很像，是个共识。一种我们说气质像，这个很常见了，也好解释，因为狗一直都在根据主人的喜好和需求调整自己的性情，所以很容易长成主人期待的样子。

像我养的三只狗，土豆命好，小小的，没什么实用性，又天生长得可爱，所以只负责卖萌，性格比较单纯；郑佳是成年后过继到我这儿的，我跟它有距离，它跟我也有距离，它对我的态度明显是那种“老子只是没地方可去，才勉强寄人篱下的”，所以郑佳看上去很酷，很独立。

养第三只狗小宝时，我的目的就很直接，就是希望它能凶一点儿，好让闲人止步，让邻居害怕，不再顺手牵羊“捡”我东西。于是它长大后，真的就除了我，六亲不认，见人就咬，还下口撕裤腿，所以长得就有点儿让人难以揣摩。并且后来它养成了爱偷鸡的习惯，常常给我惹事，偷吃了好几只邻居家养的鸡，被人找上门来。最后我不得不把它长期拴起来。

拴起来后的小宝，一脸苦闷相，很绝望。挺内疚的，毕竟它的命运，因我的期待而起。但没办法，从善如登，从恶如崩，一放开，又会满山全村跑，到处惹祸，偷吃别人家的鸡。最后只能将它关起来，一生都不能打开。

很惭愧，像是某种隐喻，
令人警惕。

你看这三只狗所长成的样子，基本是我的三种期待。所以，什么样的狗，大概就会有什么样的主人这事，不是凭空来的，而是和“字如其人”“面由心生”一样，是一种有迹可循的现实。（“迹”，隐秘的印痕，很微妙又很显著，像侦探小说。艺术家看画，书法家看字，看的都是作者无意识间留下的那些痕迹，很微妙，很显著。）

另外一种“像”被人解释成“心理暗示”，审美的主观倾向性。说当我们觉得狗和他的主人像时，就越看越觉得像，且，人与人之间也一样。但我觉得这个有点儿牵强，小岳岳和基努里维斯怎么心理暗示都不会像。

可是还有一种像，是五官都一样，像是从那个人脸上复制下来的，被封印的他自己。比如郑佳，就和我同学郑佳很像，眉骨都很高，一群狗当中，一眼就能挑出“郑佳”是郑佳的狗；同村邻居家的狗也是，跟邻居家男主人的脸型、五官，一模一样。

太像了，这种像，一度让我怀疑世界的真实性。

为此我还查了下，有几种解释，但基本都无法成立。利维坦有篇文章，说是人在选择狗的时候，就会选和自己相似的，比如方脸的会喜欢脸方的，眼睛小的就会喜欢小眼睛的，就像夫妻相的人容易相互吸引（夫妻相有科学性，好理解，但狗的这种选择，就很牵强）。

心理暗示在夫妻相的选择上，有科学性，可以论证。用来解释选择宠物，就不太可靠。首先是大部分小狗在小的时候都是难以辨别相貌外形的，就像一群小鸡仔，看起来都一个样，很难从相似性上选择。然后还有一部分人养的狗，不是自己挑的，是偶然捡的，或者别人送的。

这就诡异了，别人送的或偶然捡的一条狗，成年后竟还是和自己一模一样，完全复制下来的带毛的自己。

更神秘了，真是越来越对狗这个物种的前世今生感到好奇，越来越觉得，一个人养的狗，和他本人有某种前世今生的关系。

并且，突然发现，人吃狗肉这种事，想想，挺惊悚的。

刚上来的时候，村里人都说我这里风水是最差的，我住了一年之后，他们又说，北场（我住的位置）的风水是最好的。于是你发现，所谓的风水，其实就是一个空间的环境，带给你的心理情绪，核心还是人。

山不在高，有仙则名。

第四章

叮叮当当

自拍一张，元气大伤

很多时候下去玩，看电影或者吃小吃，回来时太晚，但又不想在下面住，就半夜上山。无数次晚上一个人爬山，有时候打着手电，有时候月光好就就着月白。有时候夜黑如漆，手机又没电，就凭感觉慢慢摸索着走。无数次晚上一个人爬山，只怕过一次，那次手机没电，也没月亮，大概快凌晨一点的时间，我兜里揣了一张这个村里死去多年的当地人的老照片（村里一位熟人，白天下山时遇到我，拿了张他父亲的老照片让我画像，碍于乡邻关系，我就接着了），停好摩托车后，背着包顺着小路向上爬，一直到家，都觉得那张老照片里的人被我揣活了，左右前后都是他的脸。

有时候盯着照片看，尤其是过世的人，总有种依然活着的错觉。电影《上帝也疯狂》里，原始部落的非洲人就很害怕拍照，觉得拍照是把灵魂取走了，像巫术。这感觉很棒，自拍，元气大伤。

前天买了个风铃，挂在树梢上，风一吹叮叮当当

某种程度上，我对鬼其实是有所期待的，真的，因为我们所有现实的孤独与虚无，基本上都是因为确认没有另一个空间的存在。如果要是能让我在极度清醒的状态下，遇到鬼，确认鬼的存在，那是多棒的体验啊，太棒了，有鬼啊！说明直接验证了另一个空间的存在。有鬼就有神，那这个世界该有多美妙啊，什么轮回、转世、飞仙、穿越、超能力，都成了触手可及的可能，而现实的一切不快，也都有了寄托，那岁月还有什么可遗憾的，死亡还有什么可怕的，鬼敢把我吓死，我变成鬼就把他气死。

所以，没有人的黑暗，有什么好怕的。

至于孤独，我只有一种孤独，就是没有神鬼的孤独。

前无古人，后无来者，生之混沌，死之空无。

最近给隔壁房铺地，早上邻居军送了个独轮车给我，还带刹车的，让我推沙子用。我推了两趟，一趟一袋半，一百五十多斤，还是很实用的。一百五十多斤让我背，估计搭到肩上都站不起来。

歇息间隙闲聊，军说他儿子感冒发热十几天了，医院看不好，吃药不管用，检查也没毛病。没办法，昨天下午托人带着孩子找村里的“神婆”，“神婆”说孩子是受了“惊”，于是施了个法，念了几句咒语，就让回去了。然后昨天半夜，孩子突然坐起来，醒了之后，烧就退了。到今天早上他给我送小推车的时候，孩子感冒已经完全好了。

然后军就跟我聊到这个“神婆”，说“神婆”看病不收钱，只看医生看不见的“病”，医生能看见的，找到她，她也会让病人去医院。军说有次他开三轮车给人拉棺材，按规矩，装车走之前，是要放鞭炮的，但他那次没放。第二天开车上山的时候，给人错车道，明明挂的一挡，却突然变成了倒挡，撞在石头上，手也擦破一层皮。军有些害怕，心里不安，就去找“神婆”。刚见面，什么话都没说，“神婆”就开口道：“你是给人拉棺材了，没放炮，手伤了是吧？”（军没有开口之前，“神婆”就已经知道军来的原因了）军说：“是，是。”然后“神婆”就给军念了咒，施了个法，说没事了，就让回去了。

从小到大听过不少这种事件，尤其是我奶奶那些老一辈讲得最多，一直都觉得连字都不识的农民，肯定是错把巧合当灵异了，所以很多时候听到有人给我讲他遇到过的灵异事件时，我都只是当听个故事。但也有例外，总有几个人讲的是不会有假的，因为以他们的性格和与我的关系，根本没必要虚构事实。就像邻居军，今天早上给我讲的他孩子的事，朋友丁威也给我讲过一件发生在他身上的事。

丁威说中学的时候有一段时间得了红眼病，吃药、打针都没用，快一个月了，都没好。于是他爸爸就带他去找他们村里的“神婆”，“神婆”看了看他的眼睛，说：“从你家堂屋门口往前走 × 步，然后左拐，再走 × 步，停下来，找个铁锹在那个位置挖一挖，有块红石头，挖出来丢掉就可以了。”于是丁威回去后，就按照“神婆”嘱咐的，堂屋门口往前走 × 步，再左拐 × 步，停下来挖，果真就挖出一块红石头来（“神婆”八十多岁了，没有任何理由为了给一个小孩看个红眼病，半夜偷跑到人家家里埋块红石头的），扔了那块石头的第二天早上，红眼病就消失了。

丁威说，现在想想他都觉得神。

巧合的是，江伟下午打电话，问我最近有没有碰到什么灵异事件，我说我最近正在思考这个问题，听到得比平常都多。江伟说，他弟前天见到“鬼”了。当时他在屋里弹琴，弟弟在院子里，看到有个人一身黑衣，看不太清脸，在院子里转，他弟以为是个来访的陌生人，就过去打招呼，然后，就在他走过去打招呼的一瞬间，那个人就这么在眼前，像做了特效一样，凭空消失了。他弟吓得头发都快直了，跑进屋，惊魂未定，说："哥，我刚才看见'鬼'了！"

首先，我相信军也好，丁威也好，江伟也好，是没有任何理由给我讲一件虚构的事的。我不想探究那是什么，也不想确认到底有没有鬼神，就只说说我的鬼神概念。

有次下山去朋友家玩，他说属猪的今年"犯太岁"，然后就让我和他一起去卧龙寺烧香，卧龙寺很灵的嘛。路上我在想，如果一个属猪的，不知道、压根儿没听说过"犯太岁"是什么意思，那这一年，不也平平安安地过去了？但是朋友知道属猪今年"犯太岁"这个概念。所以，就必须得去烧香。因为不烧的话，遇到个事，就会和今年"犯太岁"却没有烧香联系到一块儿。

可是，你想啊，属猪的人太多太多了，数以万计，那些不知道"犯太岁"是什么的人，今年不也和去年、和每一年一样，都这样过了吗？

另外，一个属猪的知道"犯太岁"的概念，如果今年要是不去烧香呢？或者一次去烧香，一次不去烧香呢？结果会不同吗？

会不同。

有鬼，也有神。

假如你的一副很珍贵、戴了很多年的玉镯，不小心碰到硬物碎掉了，那么，你会很痛苦对不对？这个时候，谁来平复你差极了的情绪呢？就是“神”。于是你告诉自己，碎的这个镯子，一定是替你挡了一次很危险的伤害，如果不是碎这个镯子，你肯定会因此受伤害，破财消灾。你这么一想，就不难过了，并且还很庆幸，觉得像是赚了，突然变得很感恩，你觉得，一定是“神”在冥冥之中保护着你。

于是，你成了你的“神”。和知道了“犯太岁”就得去烧香，不知道“犯太岁”就不用去烧香一样，你就是你的“神”，同时你也是你自己的“鬼”。我们每个人都充当着造物主的角色，我们是“鬼”，是人，亦是“神”。

那应该是一个女人在拨弄

前天买了个风铃，挂在树梢上

风一吹叮叮当当

有时候风不吹，也叮叮当当

我就是我自己的“神”，所以我是不怕那些妖魔鬼怪的。不过话虽这么说，真的要发生什么“灵异”现象的话，别像江伟他弟看到的那么具象就行。我相信江伟他弟看到的，凭空消失的黑衣人，是真的，瞬间消失了，也是真的。江伟说他弟小时候就经常看到那些。有人天生阴阳眼，我相信他们能看到另一个世界的样子，但那是他们的世界，我看不到，就不存在。我们每个人的世界本来就不一样，亿万个人生活在亿万个不同的世界里。就像此刻，你在人间，我在天上。

风水的意义

我房子前后都有门，对面又是山，农村的讲究，门前应该有个照壁（屏风的作用），挡一些存在于虚无之中的东西。我自己是不讲究这些的，修这个，完全是想着有时间养个好看的盆景，作为背景墙，然后坐在院子里晒太阳的时候，又多一个景。这样，既有照壁的形式，又有背景墙的实用。

刚上来的时候，村里人都说我这里风水是最差的，我住了一年之后，他们又说，北场（我住的位置）的风水是最好的。于是你发现，所谓的风水，其实就是一个空间的环境，带给你的心理情绪，核心还是人。

而且我发现大多数人看到一个地方时，都只能看到那个地方现有的样子，比如刚来的时候，我这里确实看上去是风水最差的，阴森荒芜，一片狼藉——一张白纸，在多数人眼里，就是一张白纸。但画画的人，有一种能力，就是说看到一个地方时，看到的不是它现有的样子，而是它“成型”之后的样子——白纸上，在他眼里，只不过是未完成的样子。比如这个阴森荒芜、不被村里人看好的北场，其实在我第一眼看到的时候，就已经看到了它三年以后的样子了。我站在这破败不堪的院子里，感觉大脑自带特效工具，砍树拆墙挖水池，两分钟就上演了一遍，而住进来后的改造，只不过是在实现最初脑海里上演过的那些特效。

所以，所谓风水，其实就是环境心理学。比如人习惯在住的房子一侧放块石头（泰山石），就是源于人的动物本能。你去注意猫，便会发现，猫喜欢靠着一个东西卧，一块平地上，放块砖它就靠着砖卧，放本书它就会靠着书卧，就是因为，靠着一个东西时，会比空无一物更有安全感。人在房屋一侧放块石头（泰山石敢当），就是源于动物本能的安全感。黄哥说，客厅可以大，是用来活动的，但卧室要小一些，聚气。聚气听起来很玄妙，但其实还是一种心理学，人在睡觉的时候，是没有戒备和反抗能力的，所以更加缺乏安全感，而小的卧室，确实会有被包裹的踏实。

就像人类最初的巢穴是山洞，那么这个山洞的位置一定是“藏”的比“露”的好，换作风水的讲究时，就说这个建筑的位置，在半包围的“凹”形处，一定比那个横“凸”出来的要好。于是你发现，大多数风水，都是在环境的布局上，填补或契合人内心的需求，比如最好的风水就是通透不要有遮挡，开阔不要太闭塞；近水，不要水太多，也不要水太少；光照，不要暴晒也不要晒不到；通风，不要大风吹，也不要吹不到等。比如平民百姓，不能太“显”，但皇宫衙门就可以露一点儿。凡夫俗子的目的是过日子，不能太偏；但宗教的目的是“天”，道观、寺院就可以盖在山林之上、云雾之间（**自古好山多僧占，就是因为僧人选择道场时，对象是“天”**）。恰到好处，又能满足各自所需，就是风水。

当然，过度讲究风水的话，基本就是作茧自缚了。比如，有天我房东上来，要把门口那棵我修过的像盆景飘枝的槐树给锯掉，说是往外长的树不好，我问他为什么不好，他就说，往外长，钱财都出去了。后来

我发现，不同地方的人对院子里的树都有不同的讲究，比如院子里不能栽杏树，因为红杏易出墙，门口也不能栽杨树，杨树叶子风一吹哗啦哗啦，声音特别大，俗称“鬼拍手”；不能栽桑树，因为桑与“丧”谐音；不能栽槐树，因为槐字有“鬼”；不能栽松柏，松柏都是坟头栽的；不能栽梨树，因为梨与“离”同音……这套路，按我说，也不能栽柿子树，什么“事事如意”，明明是柿（事）儿太多了。也不能栽桃树，栽桃树的也容易离婚，栽那么多桃树干吗，出于什么居心？是盼着出门就有桃花运吗？所以就感觉，如果有人能把每个地方不同的讲究，都一并践行的话，就只能住在沙漠里了。

一切风水的讲究都是为了居住的舒适感，一旦开始需求更多的，比如升官、发财、康泰、兴隆、一帆风顺、财源广进，就只有讲究得更多，条条框框更多，最后直到把自己捆绑，举步维艰。

我老家以前的院子很大，六七亩地（一个停办了的小学），上厕所都要骑自行车去，我每年放假回家坐在客堂下面晒太阳，都可以凝望很远。但后来我爸妈养猪没赚钱，养鸡遇到禽流感，最低谷的时候，又遇到我哥生病，我爸的悲观没有出口，就怨天，找看风水的人过来看。看风水的人在我家转了一圈说我家院子太大了，不聚气，容易散财。于是我爸就在原本七亩地的大院子里，圈了一个前后一百平方米左右的小院，住在里面。后来我每次回到家坐在院子里，看着墙外的天空，都觉得很荒诞。

见过很多农村人，自以为很讲究，风水很好的房子，居住环境都很差。好端端的小院，一定要盖满满的房，越多越显富态，每一个环节的讲究，都是在有所求。为了表达有钱了，不该高的墙建得很高，不该大的门建得很大，跟监狱一样。多好的风景，都被他们浮夸的表达破坏了。

我是一直觉得老房子好看，是因为它的一切都是在模仿自然，三角

形的顶，一定是按照山的形状建的，人是动物，房子就是小山。不管是土坯、木头，还是砖，都来自自然，而它不与自然争艳的灰色调，开阔与平静，也体现着中国人稳重内敛的美学。很单纯，很直接，古人造房，参照之物，就是“天、地、人”（中国人的哲学里，“人”即是宇宙，风水学就是研究宇宙与“人”的某种和谐）。

但我有时候也会矛盾，或许“天地”的存在，就是为“人”，而我所讲究的美学，本身也没什么意义，就像我爸，自从把大院子改成小院子之后，内心就安慰了很多，也许那就是风水对他的意义。

再见“肾池”

村里人都不太情愿给我干活儿，因为我总是返工。

刚来的那年，后院很窄，五米之处就有一道山石墙体挡住，没有排水沟，雨水只能往地面渗透。房子背靠半坡，树多，又遮阴，每次下完雨，前院泥土晒裂了，后院还潮湿得能渗出水来。以至于我住的房间，一个雨季过去，床板都能长毛（**湿气很重，我都起湿疹了**）。凭着自己的小聪明，我以为将后院的地面拿土垫高一点儿，从墙基向外（**山石墙体处**）延伸，垫出一个“斜面”来，积水就可以流得离房间远一些了。

然后我就一车一车地垫土，将水引向离房子五米之外的山石墙体下面，路过的邻居都说我勤快。工程干完后，我很是满意地看着那个斜坡，感觉能看到未来大雨的某一天，房檐下的水，像万千条河流，自高向低汇聚到石头坡墙基，咕嘟咕嘟地往下渗透。

不过生活马上就证明了我的愚蠢。一场暴雨，完全出乎我意料，原本我房屋室内的地面和室外后院持平，但被我垫高后的土，高出了室内地面三四十厘米，雨水从房檐落下，的确如万千河流在山石墙体下汇聚成了一个水坑，但这些水，并没有如我想象的全部渗透到地底，而是大半都被我垫的土给稀释了。也就是说，我花了很大功夫，给后院铺了一层储水海绵，并且阴坡，还没法晒透，拧干。

于是隔了段时间，邻居们就又看到我，一车一车地往外推土。

我院子的外墙，最初是大块红瓦，修修补补多次之后，我依然不满意，觉得“不好看”，于是就让老龚帮忙，给换成了小蓝瓦。

去年一墙之隔的房子，也被我租了下来，两个院子，有个分割，一个休息做饭，一个写字画画。然后我就找人，在两个院子衔接的侧墙上，开了个门。但门装上没几天，我就发现，这个门开的和我想要的“视觉效果”差得太远。在我看来，老院子是土墙，敦实厚重，新院子是篱笆墙，轻薄透明，墙是实的，篱笆是“虚”的，虚的篱笆只是形式，在实实在在的墙体面前，相当于空白。好比一个四面精钢寒铁的保险箱，门是木头的，远看就像是塌了一个豁口，完全破坏了我内心的“整体性”。

于是，我就又找邻居帮忙，拆了门，把墙补上。

每次买回家的植物，比如樱桃树、葡萄树，还有一些好看的花，我都会犹豫很久，到底栽在哪个位置，节奏感更完整。在我看来，每一株植物所栽的位置，都应该在整个空间里有所平衡（**就像“123”，不管是从语感还是结构，看起来都比“1234”更有节奏感**），以至于常有植物在我迟疑犹豫的过程中枯死。要不就是栽好后，隔不了几天，又觉得构图有些偏，挖出来调整。或是突然有新的布局，不得已再挖出来，挪动位置。

这棵葡萄树被我挪了三次，今年终于找到了适合它的位置。

最极端的是我的水池了，返工了五次，依然没有彻底满意。

第一版水池，是我自己凭感觉挖的，想着应该有点像画板的形状，一个椭圆，其中一个边像苹果咬掉的一块，当然不是那种有棱角的缺口，而是一个有弧度的凹陷。但挖好后，怎么看，怎么像个腰子，这太讨厌了。

可以烤串。

然后我就砸烂砖砌的边，又像垫后院土那样，搬了几十块大小不等的石头，码了一圈，目的是用不规则的石头，破一破它圆滑的形。但垒完石头，我绝望地发现，辛苦数天的第二版只是从一个圆润的“肾”，

变成了一个有棱角的“肾”……

这太补了。于是，我又找人，把那个池子的一角给填充上，修成了第三版的，一个有点尖的“肾”……

第四版，是一个冬天过后，第一层的防水被冻炸裂，严重漏水，于是到了春天，我又在原来抹过的水泥上，刷了一层防水胶。但只是蓄了两次水，就发现根本没用，只好又跟朋友一块儿跑到北郊买了两卷防水材料，重新覆盖，和水泥，做了第三层防水。并把之前码在边上的石头，一块一块搬出去，换成土（*感觉石头太高了*）。那个池子，也终于被我彻底填成一个圆。

如果第五版，不再漏水，可能我也不会再想折腾了，都成负担了。但做了三遍防水，如今上半部分依然不定期渗水。所以我现在看着这个水池，越来越不顺眼，好像挖得太大了，又好像圆的边缘没节奏感。最近找了很多理由来证明它可能根本不应该存在。比如为什么做了三层防水还是渗水，是不是这个水池离正屋的确太近了，听说窗户是房子的眼睛，所以前面不应该有水池。这里面，一定有某种联系。比如老忘换水，太麻烦了。

这难不倒我，挖水池的时候，我能找到很多必须挖的理由，现在我想填平它，一定也有同等必须的理由，人总能找得到让自己心安的药。

半个月前，我因为想看三月杏花映在水里的倒影，拿起铁锹就在外面院子杏树下挖了一个水池。有之前五个版本的经验，这个水池，一遍就成了，不管是位置、防水，还是造型，都很完整，很满足。然后我发现我之所以觉得重要，甚至强迫症般不能容忍的那些审美，大概是因为我把眼睛所看到的大部分图像，都当成图纸对待了。来来回回就是点、线、面，光影、疏密、平衡，节奏感。

而我每天都有这种病态的瞬间，就在今天中午收拾桌子，杯子的摆放位置，我都调整了两次。

和江伟聊天，我发现江伟也是这个习惯。在山里住了两年，每次见他都在干工程，感觉他除了做琴，就是调整院子，前天去他家听琴，前院格局又有大变。

我曾有所迟疑，这样是不是不好，但很快我就找到了自己的药。这一定是因为我们都是美院毕业的，又没有盖房子造园林的实战经验，所以在自己家院子里，整天就是像画草图一样，来来回回调整，调整布局，调整它的完整性。返工没什么惭愧的，不就是涂抹，重建。而审美上的强迫症，也恰好是内容质量的根本，一幅书法的完整性，就是结构、节奏、线条等，每个布局都恰到好处得不可替代，没有缺陷，没有败笔，没有不满意。我相信不管是诗歌、散文、绘画、音乐、舞蹈、建筑还是电影，一个好的作品，首先具备的就是它的完整性，从进入到收尾，一气呵成。

某种程度上，这种在审美上的偏执，恰好是成就我此刻的要素，正因为万物在我看来，都有疏密、节奏，点、线、面，所以我才能在那些缝隙里，找到自己留白的空间。

摩托车修理技术与艺术

作为一个骑了五年二手摩托车的资深摩友，修理摩托车这项技能，基本除了油门线坏、没油、火花塞坏、刹车坏了等，这种内伤治不了，外伤都不在话下。

比如上次挂在车尾的车锁锁芯坏了，钥匙怎么捅都打不开，经过我长时间敲打无效，深思熟虑之后，决定再买一把新的。于是，我就有了两把锁，一把用来锁车，一把就挂在车尾晾着。所以虽然现在车能锁了，但每次我锁完车，这把锁在后面挂着，总给人一种没有锁车的错觉。不过这也难不倒我，我打算让它风吹日晒，晾上十年八年，等锁芯生锈了，自然就开了。

后来新买的这把锁，也坏了，钥匙不见了，于是我灵机一动，又买了一把。现在我的摩托车，看起来更自恋了，每次停车，三把锁在后座铁架上挂着，感觉这个车主，天天都在臆想着有人要偷他的车。

还有前年，我的摩托车后视镜有一个滑丝了，就是怎么转都拧不紧，一颠簸就跑偏，于是我就把它拆了。之后，案头就多了个手感适中的小镜子，很美好，在我吹头发的时候，就拿起来照一照。

大概年久容易生锈，摩托车的大灯开关，每次打开都特别费劲，推得我大拇指发红都没有反应。后来我发现，这个大灯开关，好像光靠蛮力是不行的，必须借用工具才能推动。于是每回晚上开车，需要开灯的时候，我就把车停下来，在附近找块砖，轻轻一砸，就亮了，特别方便。

车头偏了，更简单，找棵树或者电线杆，将车头贴着一边，用力，以前车轮侧面撞击树身，掌握好力度，咣当几下就正了。

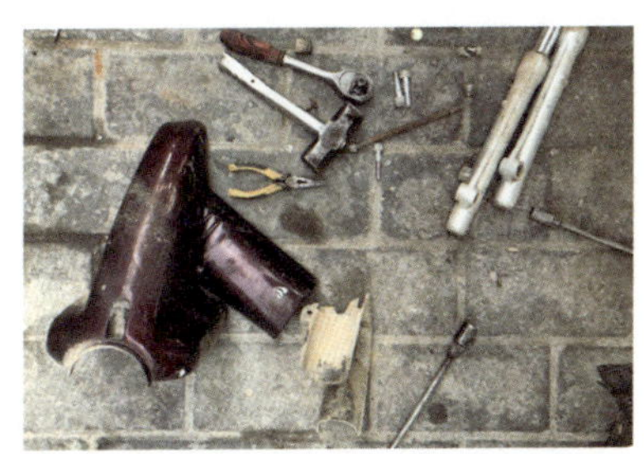

记得有次海隅开车（**商务面包？**）帮我拉画框，上山的路上，车后门关不上了，走平地的时候也没什么影响，但一上坡，后面两个对开的门，其中一扇就自动敞开着。海隅下车研究了半天，对我说："这附近也没修车的，你坐后面用手先拉住吧。"于是，我从副驾驶跳下来，走到后面，找了根绳子，一头绑住门，一头绑住后座上方扶手，就给拉住了。海隅看着我，连连赞叹："动手能力真强，太厉害了。"夸得我觉得自己像一只垫着板凳就吃到了挂在屋顶香蕉的猴子。

而这个技术之后我在摩托车上也有应用。有段时间，摩托前轮挡泥板被车头篮筐多次盛放重物压塌，每次下坡，就会与轮胎摩擦，咯吱咯吱，很是讨厌，凑合了半年左右之后，我终于在一次下山之前，使出撒手锏，找了根绳子，一头绑住车篮，一头绑住后视镜杆，瞬间就修好了。

后来摩托车被我修的部分越来越多，看起来越来越破，越来越安全。

每回下山，我都随便找个超市、餐馆，假装顾客，把摩托停在门口，自己坐公交进城玩，好几次忘了锁车，停放在路边，过了个夜，都没被人发现。太破了，这辆车，根本不值得背负“偷”的风险。

两个月前，我和朋友相约去爬附近的山，见他骑了辆摩托车，也是重庆产的，个头不大，叫银钢，听起来挺自信的，动力比我的嘉陵也确实强劲许多，款式好看，很是喜欢，然后突然就萌生换车的冲动，但看着自己的摩托车，又有些内疚，人家好好的，也没什么硬伤，换新的总有种抛弃它的感觉。并且，本来就是辆二手车，已经被抛弃 过一次了。物尽其用，再等等吧。

也可能是我对朋友那款车的爱意太明显了，隔了不到一星期，我骑着嘉陵去江伟家玩，回来时，迎面撞上一辆小轿车，人没事，车撞坏了，这下终于浑身都是硬伤了。摇摇晃晃地，我骑到镇上，找了个摩托车修理行，花了七十元，卸掉了车篮，换了个二手车头方向轴，调了下减震。师傅把嘉陵撞坏了的车头方向轴卸下来丢到地上的时候，我突然有种不确定，总觉得摩托车的发动机如果是心脏的话，那车头的方向轴一定象征着什么，太像了。

果然，换了方向轴后的嘉陵，有种被阉割过的黯然。车头依旧是歪的，靠着电线杆侧撞了很多次都校正不过来；调整后的减震也没见起什么作用；爬坡的时候，发动机竟然也没之前那么轻松了。看上去更破了，破得让人担心超过了安全的底线。很奇怪，这辆摩托车，一夜之间就老化了。

最近很长一段时间，没怎么骑摩托了，上下山，尽量都走着。一个是因为嘉陵确实没有以前骑着那么顺了，另一个是最近太宅了，应该多走走路。但我已经想好了，过了九月，就换辆新的摩托车，买辆银钢，一百五十的银钢，年轻力壮，方向轴肯定又粗又硬又长。

凤霞纪

第四章 叮叮当当

1

今天凤霞没回鸡窝，这般缩着脑袋躲在角落里，不知道是不是生病了。

希望只是情绪问题，愿天晴好起来。

2

看来凤霞前两天的确是生病了，我也不知道喂它些什么，就用水冲了点消炎药和感冒药。昨天早上，给鸡喂食，发现凤霞不在，心里咯噔一下，然后就去房后鸡棚里找，找了好几个地方都找不到，有种不好的预感。想着是不是头天晚上倒在哪里了？但总觉得活要见鸡，死要见死鸡，于是我又回屋拿了手电，在永琴家后面柴房里找，最后竟是在一堆柴的夹缝里看见了它。它的状态比前天还差，看上去都快撑不过去了，于是我让永琴帮忙，又喂了一遍药。

晚上睡觉，我梦到土豆被一只大老鼠咬死了，我在梦里抱着土豆，哭得泣不成声。醒来想想，一定是因为太担心凤霞了。早上开门，就捧了一捧麦子撒在地上，喊鸡来吃，远远就看见凤霞在队伍中，一块奔跑过来，顿觉喜不自胜，心情大好。

3

这两天单独把凤霞赶进院子里开小灶，青菜叶子随便吃，还有米。大概是之前吃东西一直都会被其他鸡争抢，开始的时候，凤霞一直紧张地左顾右盼，一分多钟后，凤霞才放松下来，专注埋头吃米。

而且今早起来再看凤霞，比起昨天，它的眼睛明显有神很多，也没那么红了。

4

那可能就是回光返照吧？明明已经好起来了啊，我还想着，这一关是过去了，没想到，只是隔了一晚，凤霞就死了。这只从小就总被孤立的鸡，最终没能熬到鸡年。

每逢年底，老人就容易去世，但一般熬到过年后的，又都能再续上一段。很神秘，人的生命，似乎在回应着天地之间，某种抽象物质的影响，就像月亮，会影响潮汐。很好奇，不知道是什么人，给时间分成一年一年的，又给一年分成十二月，给年终年初的交界处，标注上循环往复的节点的。

5

那天午后，阳光比较刺眼，我看见凤霞，斜倒在墙角，双目紧闭，浑身已经僵硬，便走过去，在它死去的杏树旁边挖了个坑，就地埋在了土里。

6

说不定来年，这里就会长出一朵肥硕艳丽的鸡冠花来。

7

我有五只鸡，一只公的，四只母的。开始以为它们应该都能寿终正寝，但不到五年，就死了三只——病死一只，被鹰捉走吃了两只。想起以前早起喂鸡的画面，一听见我开门的声音，建 × 就带着它的婆娘们，三五成群，远远地跑过来要吃的，好不热闹。现在就只剩一公一母，形影不离。看来即便是一只鸡，能活到最后，无疾而终的，也不容易。

8

到头来，很有可能是只剩建 × 一只鸡，每天在院子里，迈着步子，走过来，走过去。

9

走过来，走过去。

黑鸡少年

永琴打了四只小鸡仔，有一只是纯黑的，嘴巴冠子都是黑的，我一直以为是那种腿上带毛的传统乌鸡，长大后发现竟然长着跟建 × 一样的外形，也是个公鸡。大概是乌鸡和家鸡混血吧（据说叫乌骨鸡），挺好看的。只是这只黑鸡成年以后，个头比建 × 小了一圈，导致现在还没找到女朋友。

鸡的世界和很多大型动物一样，雄性之间只有权力范围，没有德义私情，所以在这只黑鸡成年之前，永琴家的三个母鸡都是它带着的。说是它带着，不如说是它陪着，因为没有成年，亦没公母之别。但成鸡后，刚懂得一点儿公母之间玩耍的乐趣，那些母鸡，就被建 × 全部抢走了。所以现在这只黑公鸡的处境，就像以前被孤立的凤霞，每天都是一个孤零零的黑影。

毕竟是成年的公鸡，被孤立这事可以忍，嘿母鸡这事，实在忍不下去，所以有时候黑鸡也会趁建 × 离得远，逮住一只母鸡霸王硬上弓，反正三五秒，等建 × 跑过来时说不定已经结束了呢。可母鸡竟然也不配合，极力反抗，搞得每次还没爬上去，建 × 就气冲冲地飞跑过来教训它。动物世界很残酷，雌性永远只接受被更漂亮加强壮的雄性占有，似乎只有人，可以用爱改变这个局面。

江伟家四只鸡，被附近寺院里的狗，偷吃了三只，咬伤了一只。这只被咬伤的，据说狗已经将其含在嘴里了，被江伟发现后，弃食而逃的。

江伟把最后这只死里逃生的鸡拿给我的时候，它看见郑佳、土豆，还会吓得发抖。

半路转校来的鸡，跟其他鸡很难融到一起，并且被狗咬到的伤也需要时间痊愈，于是我就把它单独放在了后院养。它适应得也快，独自吃米，独自生活。只是不幸，才安稳了没几天，永琴家的黑鸡，那个性压抑，就发现了后院这只，胆小丰腴的母鸡。

我发现，在表达情欲方面，鸡和猫、狗、鹅有很大不同，母猫、母狗、母鹅，到了发情期，都有主动性，但很少见母鸡会主动，并且每次，都很被动。我想大概是因为公鸡嘿母鸡的时候，太暴力了吧，撕扯着鸡冠，抓扯着背，没有一丝温情，几乎都霸王硬上弓。并且在公鸡眼里，母鸡就是用来泄欲的奴隶，丝毫没有同情心。就像这只母鸡，伤还没好，还没从被狗咬在嘴里的恐惧中缓过来，就被那只黑公鸡围堵在墙角发泄。

我想母鸡肯定是痛苦的，因为每次被黑鸡追的时候，它都拼命想跑，只是大多时候都是无处可逃，被堵在门槛下面，或者墙角，很无助。

公鸡嘿母鸡时间很短，频率却很惊人，感觉一只公鸡，一天一个养鸡场，都不在话下。压抑了小半生的黑公鸡，几乎每天都会从后坡绕到后院，往返很多趟，来蹂躏这只独自生活的母鸡，以至于后来，后院坡地，竟是被它频繁地出入踏出一条光滑的小路来。母鸡背上的毛，也很快就被抓扯掉光了，裸露着鸡皮的鸡背，依旧每天被公鸡踩到上面，紧紧地抠住，抠出血丝来。

有深意的是，这只母鸡，只是恐慌了半个月，看见黑鸡从后坡跑下来时，就不像以前那样拼命逃躲了，可能是明白了，终究是躲不掉的吧。更绝望的是，一个多月后，母鸡一点儿都不躲了，看见公鸡跑过来，自己就蹲下，等公鸡发泄完，自己就抖抖羽毛，站起来，低头继续吃草。

而备受羞辱的欺凌，次数更多，时间更久后，这只母鸡，对那只黑公鸡，就再也没有一点儿抵触了，并且开始跟着那只黑公鸡，追随着它，一起散步，一起找虫子吃，像对夫妻。

以前很难理解“斯德哥尔摩综合征”的转变节点，后来看着这只母鸡和这只公鸡，才意识到，那个节点，其实就是一种自救、自保。就像没什么战斗力的弱势群体，为了生存，母鸡必须寻求公鸡的保护，自尊什么的，早就不重要了，不然就会被鹰抓走，被黄鼠狼吃掉。所以，弱势群体的生存方式，很难用道德来权衡，大多数是生与死的选择。更何况，对于后院这只母鸡来说，整个世界，除了天上偶尔飞过的喜鹊，能跟自己交流的，就只有这只黑公鸡。

后来这只黑公鸡，每天都早出晚归，几乎是全天陪伴着这只母鸡了。很长一段时间我喂鸡时，都直接盛两份量的鸡食。

直到半年后，有天我扛被子出去晒，远远看见水池里漂着一团黑，才发现，是那只黑公鸡失足落水，淹死了。很不幸，不知道头天晚上是怎么掉进去的，也不知道它在水里，挣扎了多久，被淹死，应该是最绝望的吧。

黑鸡一走，后院很快就恢复了以往的沉寂。最近看到那只母鸡，明显吃胖了不少，背上的毛也长出来了，像最初来到这个院子的那几天一样，在后院独自吃米，独自生活。只是我很好奇，黑鸡死后，它是孤独多一些，还是虽然被侵犯，但至少还有个伴，更满足一些。

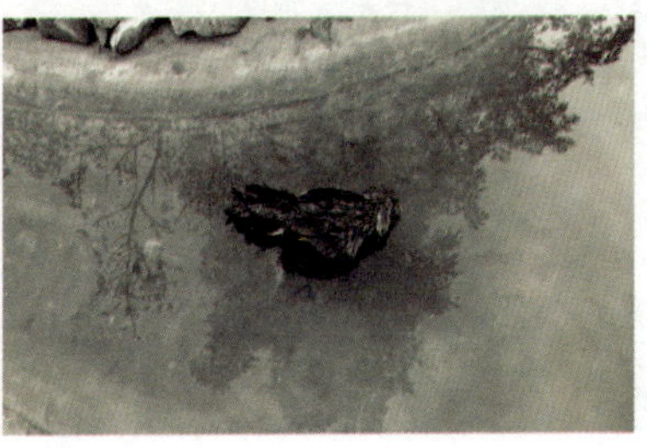

奶奶的坟

第四章 叮叮当当

1

塑料做的

下山时奶奶指着一个雕塑
问我：“那是石头刻的吧？”
我说不是，是玻璃钢翻制的
“什么钢？”
我说，塑料做的

疙疙瘩瘩

奶奶说她一辈子磕磕绊绊

就是因为爷爷娶她那天
买了几个西瓜
西瓜蛋子
疙疙瘩瘩
奶奶说
西瓜蛋子
疙疙瘩瘩

赵言

她是有名字的
只是好像从来没人关心过
一个奶奶，应该叫什么名字
奶奶，就叫奶奶
邻居的晚辈叫她奶奶
公交车上的陌生人也叫她奶奶
有一天
小孙子问她的名字
她一脸错愕，半晌

假装生气地说

叫奶奶

对奶奶印象最深的两个动作

每次回来

奶奶都在弯着腰

除草

要不就是

偎在灶台前

烧火

奶奶说

你爷走得早

我一个妇女

顶个大男人

捡牛粪挣工分

受了一辈子罪

饿死人的那几年

七天半个红薯

我都扛过来了

一辈子没怕过死

现在日子过得好了

老了老了

该死的年纪了

又不想死了

2

去年春，我第一次参加真正亲人的葬礼，奶奶就在水晶棺里躺着，睡着了一样。我当时也真心觉得，她只是睡着了，像个植物人，发不出声音。但应该能听见的，就是脸有些冰凉，那一定是水晶棺里的冰，太冷了。然后屋子里每个人都在哭，整个氛围都很凝重，并且院子里一遍一遍循环放着哀乐，实在太悲伤了。

他应该是在描述自己的沉痛

这位创作哀乐的作者

谱曲的那天

一个人躲在房间里

哭了很多遍

奶奶这辈子，参加过很多别人的葬礼，葬礼上的每个细节她都清楚，她太熟悉了，心里偷偷排练过无数次，常常听她讲，自己死后的事。比如棺材摆放的位置，比如都有谁会来，比如嘱咐我爸，不要买墓碑，不要乱花钱。还有就是半开玩笑地计算着，到时候谁会哭她，谁哭得最满意。奶奶说，你们多少都要哭一点儿，哭得越伤心，她在棺材里，就越高兴。

人生前就应该反复给活着的人讲，讲他死后的归属，比如埋在哪个位置，或者栽棵什么样的树，或者干脆把树选好，先培养感情。他只要在心里想象过一遍，死后就能看见。就像有个地方的人，在死之前会做好自己的棺材，并且还会躺在里面试一试，要宽敞舒适，或者干脆提前

预演一遍丧事，这样他死之后的一切，他都能看得见，因为下一次，只是这一次的重复。

所以我奶奶肯定很高兴，葬礼上，老大、老二哭得最伤心，两个儿媳妇，也哭得眼睛红肿。只有老三嘴撇来撇去，也挤不出一点儿眼泪。但我觉得我奶躺在那里，肯定也不在乎，因为她最疼的就是老三，即便老三一走十几年一个电话都不打，还是会原谅他。

我没见过我爷爷，我小叔都没见过，我爷爷死的时候，我奶奶还不到三十岁，肚子里怀着我小叔，我爸五岁，二叔三岁。这个不负责任的爷爷，在最苦难的年代，自己早早就走了，让我奶奶一个人拉扯三个孩子，守寡了一辈子。所以我奶奶生前说，她死了，不要和我爷爷埋在一起。奶奶说的不是气话，她在活着时，为了表明自己的态度，就常跟我爸叮嘱，说她以后死了，要一个人埋在南边的麦地里，一定不能跟爷爷的坟靠在一起。奶奶说的不是气话，死后，坟就真的独独地，立在了离我爷爷很远的南边麦地。

很倔的老太太，坟都这么有脾气。

奶奶的葬礼，给我很大触动，第一次对传统语境里的死亡文化有那种深深的认同，比如人死，就应该土葬，起码深受汉民族文化影响的中国人的死，必须土葬（我无所谓，多元文化背景里成长的年轻人，对死亡必然会有新的理解，所以这个态度，只是指在传统中国百姓的理解里，比如我奶奶这辈人）。因为阴间的设置，就是“地下”，是和泥土有关的。阴间在哪儿？不在天上，不在虚空中，就在地下，身边。

我很敬畏那种带着浓重神怪意识的民俗，比如春节贴门神、清明上坟，比如端午挂艾枝、寒衣节烧纸等，都是在跟另一个世界对话。这些仪式，让生前和死去的人都似是而非地显出来了；让人和鬼神，都没有边界地存在着。于是，举头三尺有神明，善有善报恶有恶报，在那种隐性世界的监视监管下，整个社会就会有一种自带安全感的秩序。

就像奶奶去世那天，只是那样堆个坟，我就觉得，她的灵魂，在那个坟里活着。大概是因为我最后一眼我看到的，是她在棺材里安详睡着了的样子，所以当棺材盖上，那一刻就定住了。她就在那个坟头下面的空间里躺着，从此，再没人打开那个坟，就像空海圆寂的那扇门，只要那个坟在，躺在棺材里的样子就在，然后我只要看到那个坟，就能看到坟下我奶奶躺在棺材里安详的容貌，像能穿透泥土和木的透视眼。于是，就有了一种安慰，真的就觉得，跪在坟头说说话，她就能听见。

当一个恋物癖对着一个木头人讲话，那个木头人就能听见，所有的仪式都是在将我们内心那种抽象的能量注入那些实实在在的物体之上，祭拜的意义，大概就是如此吧。农村人讲，一个念想，坟，就是封存那个念想的守护箱。而骨灰，像是幻灭，就很残忍。

3

山上住，我会偶尔周围走一走，找一找一些适合做盆景的树桩，然后每次只要是我没有走过的地方，我就觉得，有可能会藏着惊喜。但每次只要我过去后，就会发现，那个地方，和我已经走过的没什么两样。但即便是这样，我还是会对那些没有踏足过的空白的地方，存在着“有可能会不一样”的想象。

很奇怪的人性，总是觉得未知充满主观臆想的可能。

有次进城，我在公交车上听到一首歌，觉得挺好听的，下了车后，就一直哼着其中两句（日语的，也不懂歌词），然后越哼越跑偏，越跑偏就越觉得刚才的好听。于是我就对着手机一遍一遍哼，想试试看有没有什么办法找到这首歌。但太难了，没有歌词，旋律记得也不准，完全没有找到的可能。然后当天晚上，我就焦躁了，这首歌，就因为再也找不到了，变得越来越好听，感觉几乎是我人生当中听到的最好听的歌了。而这么好听的歌，竟然再也无法找到，这太痛苦了。直到有天，我坐一个朋友的车出去玩，突然听到了那个，几个月来，让我耿耿于怀的旋律，立马兴奋地掏出手机，把那首歌下载了下来。于是很快，我就开始感到失落——好像也没那么好听，听了几遍，就删除了。

人性的这种出厂设定，实在太贱了。奶奶活着的时候，我很少想她，也没觉得她可爱，对她的很多习惯，也缺少体谅；那年带她上山，虽然很耐心地陪她聊天，也不过只是半个月，耐心就用完了。但她一走，所有的好、体谅、想念，都长出来了，后悔啊，就像我奶奶死的那天，我并没有悲伤，但从那以后，每次想起来，都很想很想。

今天本来打算给我奶奶烧纸，问我爸，我爸说，奶奶坟在家，并且也没个照片，不能在西安烧。但我总觉得奶奶死后，就随我一块到了山上，因为我老是梦到她，频率很高了。然后我爸说也有可能，说我奶奶活着的时候常念叨，想再去一趟二冬的山上。我觉得如果是这样，那就好了，让她在这儿多待一段，没事晒晒太阳，除除草，多摘点儿核桃，过年再帮她背回去，这一次，我保证不会再生气了。

西红柿大概是最简单也是最难种的菜。简单在于其成活率高，基本埋在土里，就能长得很茁壮；但也是最难的，因为要想西红柿结得硕果累累，就必须花很大的精力和耐心，浇水、松土、掐头、架杆、除虫。阳光要足，地要施肥，夏天炙热，每天都要喝水，要让西红柿喝得饱饱的，不能断，隔三岔五不行。要每天想它一次，注意疯长的侧枝，稍有忽略，就不好好结果子。

所以，种西红柿的难度不在技术，在持续地专注。

第五章 落叶知秋

红薯记

我爸爱吃红薯，每年都种很多，小时候我家院子里挖过“红薯窖”，就是一个口很窄，里面很深很大的井。每次红薯吃完了，我爸就拿根绳子捆着我，把我溜着井口顺下去取红薯。那时候我大概六岁的样子，一个人在井里，弯着腰，蹲在地上拾红薯，只要装满一篮子，就把身上的绳子解掉，拴到篮子上。然后等我爸在上面，像提水一样，把红薯提上去倒回厨房。每次我爸提着一篮子红薯离开去厨房的间隙，我在里面就会有点儿恐惧，不敢看周围的黑，便仰着头，望着头顶上空，圆形的天。直到我爸回来，把绳子扔下来，才敢放松。

我爸爱吃红薯，不知道是不是跟他小时候日子穷有关，因为我奶奶也爱吃红薯，说“红薯干子红薯馍，离了红薯不能活”。很多口味都是穷人创造的，像酸菜、腊肉、臭豆腐，最初都是因为放坏了，又不舍得扔，然后成了美食。我奶奶爱吃红薯，就是因为在饿死人的年代，她在人家翻过的地里，捡到了半个被锄头斩断而遗留在土里的红薯续了命。并且因为穷，我奶奶还发现了一个她认为特别好吃的东西，就是白菜根——白菜根部被切除扔掉的那部分。穷人吃白菜，是舍不得切掉根的，于是每次煮白菜，就连根一起煮，孩子们吃叶子，我奶奶就会把根挑出来吃，久了，味道就成了记忆。奶奶说，就是爱那个味儿。我尝过，是挺特别的，跟白菜味儿区别很大，完全像另一种菜。

后来，我离开了河南，来到西安。想起儿时的美食，才意识到，很多都是穷困的产物。比如“面蒸鸡”，就是把鸡肉切小块，裹上厚厚的面粉，油煎一下，放到锅里蒸，像粉蒸肉那样，并且不但要裹上面粉，还要擀一张面皮垫在下面，这样一只鸡，就能吃出两只鸡的量。比如“面筋”，我奶奶就说，吃起来跟肉一样；还有槐花裹面粉油煎一下，吃起来就像小鱼儿一样，或者干脆就把豆筋叫作“人造肉”。

穷惯了，当一个穷人去形容一种美食的时候，他能想到的最好的比喻就是像肉一样好吃。

我一直有个自认为确有其事，但到现在没找到证据的记忆，就是小时候，我姥爷在我家菜园子种过一种红薯，说是菜红薯，就是一种完全没有糖分的红薯，口味在土豆和红薯之间，黄色的心，炒菜非常好吃。

但我后来问我爸妈，他们说没有吃过，问我姥爷，我姥爷也说不记得，搞得像是我自己分裂了。小时候的很多记忆都是亦真亦幻，没有证据的。

去年底，我妈把自己家种的红薯揉成淀粉，做成了粉条，给我寄了几包，吃完那个粉条我才意识到，最近这几年吃的粉条都是假的。现在超市里买到的粉条很多都加了胶，买过好几次用来炒肉末，水都煮干了，粉条还嚼不烂。其实稍微细心点应该也能发现，粉丝是红薯浆沉淀后凝固的淀粉，挤压成条状的粉条，脱水后，还是淀粉，不只是吃起来有淀粉的味道，煮起来也应该是淀粉质感。不加胶的淀粉，看上去很硬，但轻轻一折就断了，但加胶的淀粉，为了增加它的韧性，打个弯盘成180度，都不会被折断。

吃过好的才知道不好的为什么不好，但很多时候，人并不会细究生活中的每一个逻辑，所以就靠经验，提高自己的判断力，“见过”“走过”“吃过”“试过”，总是比“知道”“想过”“读过”“听说过”更直接一些。

红薯干稀饭也很好喝，驻马店的特色小吃，就是将红薯干煮到碎碎的，再搅点面水倒进去，煮成糊糊粥。然后喝一口，除了红薯自带的香甜，还有颗粒感。我爸每天的早餐，就是打点面糊糊汤，放点红薯干，养胃又有营养。只是对于老百姓来说，像红薯、馒头、大米，这种东西太常见，每天都在吃，没有神秘感，所以大家都不觉得重要，随手可得的东西，都会视而不见，就像每个人都会对恐龙的种类感兴趣，而认为蚊子没什么好研究的。

所以，有时候我看到那些炒作出来的养生神品和看了广告概念后就蜂拥而至的人群，就觉得很愚蠢，功效再好，抵得过红薯干稀饭吗？红薯含蛋白质、淀粉、果胶、纤维素、氨基酸、维生素及多种矿物质，有抗癌、保护心脏、预防肺气肿、糖尿病、减肥、健脾开胃、强肾补虚等功效，而且最重要的是，一斤才几块钱。所以稍微有点头脑的人都知道，如果品牌是一种游戏，养生就是一个陷阱，不要相信那些虫草、人参、黑枸杞，最好的养生神品，其实我们每天都在吃，就在米面果蔬、五谷杂粮里。像我爸，每天两碗红薯干稀饭，就什么都解决了。

折断的青椒苗

有一天晚上，我忘了关大门，早上起来从窗户看见几只鸡都在院子里，低着头寻觅，玩看谁吃虫子的时候不会碰到菜苗的游戏。但建 × 太大了，被我拿着小棍儿轰出去的时候，还是脚踩了两次青椒苗，并且其中一株已经开花挂果，当时就折断了。

太可恨了，一大早的，我想进城吃个鸡肉汉堡来镇定下情绪。

塔科夫斯基的《乡愁》里，有一个很经典的长镜头（虽然整部电影我都没什么感觉，但这个长镜头，还是给我很多启发）。这样描述吧，大概是主人公试图手持燃烧的蜡烛，从一段水池的一端走到另一端，并保持蜡烛的火焰不灭；然后将蜡烛放到另一端的石头上，完成一种赎罪的仪式。

男主人公手持蜡烛，点燃，然后缓慢地向前行进，他小心翼翼地护住蜡烛微弱的光，每次走到水池中央时，蜡烛就熄灭了，于是折回起点，重新点着，继续走向水池的另一端。导演用一个长镜头安安静静地跟着男主人公来回前进，或者后退，没有任何镜头切换，接近九分钟。主人公越走越慢，越走越艰难，走到后面，几乎是额头冒汗，衣衫沁湿。只是跟拍一根蜡烛，却让人屏住呼吸，波澜起伏。直到蜡烛被主人公安放在石头上，才让人跟着松了一口气。

点一根蜡烛，本身并没有什么戏剧性，却因为他带有仪式感的过程，让这件极其普通的事，有了惊心动魄的宗教性。

不过是一株青椒苗，但我记得那天早上，看着被鸡踏断了的青椒苗，心疼了好半天，大概是想到几个月来的每一次浇水和等待了吧。

多余的枝杈

我门口有十几棵槐树，其中一棵树形侧偏，很漂亮，遗憾的是，光照因素，使之背上也长出很多树杈，严重影响了主干线条的完美性，所以我第一年来的时候就爬上去给修了。尴尬的是，好风景只欣赏了一年，第二年被锯掉的树杈口周边，就报复性地长出了更多的枝杈，比原来还多。于是半个月前，我只好又爬上去，修了一遍。

盆景修剪也是如此，多余的枝杈剪掉之后，来年也是一样会生长，因为那是来自内部的洪流，被锯掉的枝杈只是被堵住的豁口。就像堵不住青春期的孩子早恋，五六岁的小朋友多动，那都不是外在环境决定的，那是人类生长期来自体内的洪荒之力。

不过树的智慧和人一样，同一个位置，被修剪多次之后，比如明年我再修剪一次，后年、大后年，继续。再往后，那棵槐树的脊背，就不会再有枝杈冒出来了。就像一个身处黑暗的人，在同一个区域，试探着撞墙很多次之后就会放弃这里，继续向前，寻找其他出口。所以最终那股洪流，会流向树梢，往行得通的方向，继续生长。

落叶知秋

我发现一般果树最先落叶，大概是全部的气力都用来结果子了。

开始我以为杏树是最先落叶的，因为每年八九月，院子里的杏树，就开始有叶子往下掉。后来我发现，只要是硕果累累的果木，落叶都很早，像核桃、柿子、葡萄，都是山一开始红，它们的枝杈就光秃秃的了。大概是结果的时候太用力了。

像麦田里的麦穗，苞谷地里的玉米，这种生来只为结果的，大多一季只有半年，结完果子，就开始枯萎。尤其是麦子，刚播完种，半个月就长出一片“草坪”（南方的朋友看到北方秋冬的麦田，都以为那是草坪，驻马店大草原）。太着急了，所以就有了霜降，霜打一下，苗苗就老实一点儿；让你慢点儿，别着急，然后一场雪，就彻底冷静了。

还有那些四月种上，五月开花，六月结果，十月就力竭而衰的蔬菜。于是我发现这种谁结果子谁就率先枯萎的规律，放在人身上，似乎也成立。比如女人结婚之前，明眸皓齿、肤若凝脂，但生完孩子，就开始显老了。然后第二胎、第三胎，硕果累累，人老珠黄。

但奇怪的是，明明是女人负责结果子，寿命却比男人要长，很多老头都比老太太走得早。思来想去，我觉得这可能因为，女人结果儿，男人就是他的树根，她不断地吸着他的养分，开花，结果，直到他精尽力竭。

树还在，根已死。哦哟，怪不得叫男根。

而最晚落叶的好像是橡树。后院那棵橡树一直熬到初冬，叶子水分都蒸发完了，还不落下来，枯干焦黄的叶子，风一吹，就相互碰撞，噼噼啪啪，跟放鞭炮一样（前天烧柴，丢了两根碎竹棍，然后就见识了什么叫“炮”竹）；说杨树人称“鬼拍手”，就是因为风一吹，叶子哗啦哗啦的声音，像拍手，拍拍小手点点头。但初冬的橡树拍起手来比杨树就诚恳多了，手都拍疼了。

落叶的意象在城市里，背景干净的道路上，会有那种秋意绵绵的舒

爽；但在山里农民自家院子时，就会有种“荒”的感觉，荒凉、荒芜、荒山野岭的荒，所以农民都不喜欢自己院子有落叶，隔三岔五就扫一遍。我也不喜欢落叶成堆的院子，曾想过把后院铺上石子，做成那种枯山水的气质，后来一想到落叶就放弃了。草木太盛，清扫太麻烦了。人类喜欢美景，但都在自己一亩三分地之外，家是用来生活的，所以讲究采光、通风、干净、工整；而景，都在别处，在路上。我是懒汉，又爱干净，想懒着就能到达干净，所以就擅长简单，经常扔东西。

槐树的叶子很轻、很碎，风一吹，很容易就聚成一小堆一小堆的；桐树叶子就很重、很大，落在地上后很多天，水分都蒸发不掉，宽厚灰沉，

在地上扒着，特别难扫。杨树叶子还好，烧火很香。据说种盆栽，最好的土就是那些自然生长的树木周围，每年落在地上，没人清扫的树叶一层又一层，堆积腐化后的腐殖土，酥松、透气、营养充足。而那些生长在石头缝里的崖柏，就只能把毛根的数量减少一些，少吃一点儿，更有韧性，植物总是有办法。

种菜记 上

刚上来那年，没怎么种菜，也没有冰箱，每次下山都背上一袋土豆、茄子之类比较方便储存的菜。春夏秋还好，想吃青菜，一座山都是菜园。但冬天就不行了，北方的山，一到冬天就光秃秃的，天天白菜、萝卜、红萝卜，吃了小半年，都快吃恶心了。到了来年，才想着应该种点儿自己吃的菜，这样就不用总扛着菜爬山了。

虽然我小时候在农村长大，但种菜都是大人的事，而我只负责吃菜，我是我妈妈的小宝贝嘛。再深入点，也不过是择菜。所以，种菜这种事，我也就是近几年才学会。

说“学”，学会种菜，是因为有的菜要想种得好，确实是需要点技术的。比如罗勒（荆芥），我妈教我撒上种子之后，洒水，泡上三五分钟，要等到种子起白色的泡泡（**黑色的种子，被水浸泡后就会泛出一层透明白色的黏膜，就像青蛙的卵**），才能再盖土。我妈说："一定要是细土，才出得好。"

种红薯的话，要想结得好，就必须在平地上，用锄头扒一条沟出来，然后用扒开的土沿着沟，堆出一排排长长的脊，红薯的苗，就种在那排高高的土脊上。这样下过雨的水就会积到沟里，像一条河，红薯的根像河岸边的草，能最大化喝到土里的水。我妈说："这样的红薯结得大。"确实，小时候收红薯，刨出来有西瓜那么大。

土豆最好种，收的时候，有挖宝的快感。黄瓜要搭架子，不能让它在地上爬。眉豆简单，溜着墙根，埋上种子就行了。

听上去，都不难，但即便是这样，第一年我种的菜，收成也是少得可怜。第一年我在院子里开了一块小小的菜园，种了十几株西红柿，惭愧的是，最后吃到嘴里的却只有十几个。第一次种西红柿，没有经验，不知道西红柿是要掐头的，在它生长的过程中，各个枝杈上冒出来的新芽，要掐掉，只留最上面一个芽，让它往上长成大高个儿。而我种的西红柿，没有掐头，横着长，所有的养分都用来发芽了，顾不得结果子，最后长成了一大株。每株上面，只有寥寥几个果子，未老先衰，长得跟

个鸡蛋似的，就开始红了。

苦瓜、黄瓜、茄子也都种了几株，最早的一年，总是忘了浇水，我和我的菜，活得都很艰难。

种菜很简单，也很难。去年种的菜，还是不及格，青椒、西红柿、茄子、秋葵、圣女果、黄瓜、苦瓜、冬瓜、南瓜、眉豆，十多种。

买了个水管，解决了水的问题，却忽略了采光和施肥。去年的菜地，在院子前面靠下坡的一块地里，前有桃树，后有槐树，中间还有棵繁茂的核桃树，菜就种在这些树围着的一块平地上。被树荫遮住了阳光的菜地，和忧郁症患者一样不开心，果子结得也很勉强。

去年种菜五十八分，但比着前年，算是丰收了。茄子、青椒、眉豆、秋葵，都吃了不少。

去年种的南瓜和冬瓜，各结了一个。基本是种菜界的倒数第一了。

我奶奶种的南瓜，结得吃不完，种的西红柿，一个挨一个，跟葡萄一样。

蔬菜不像野草，很娇嫩的。种的时候，土要松、软，要细，冒芽的时候不要太吃力。每天都要喝水，要喝饱饱的，不能断，隔三岔五不行，要有耐心。阳光要足，要每一片叶子都能懒洋洋地在阳光下眯着眼。如果想果子更甜更饱满，那就要给它准备好营养丰富的肥。在这个山里，所有的植物面前，它是唯一的，你要每天想着它，像对待怀孕的媳妇一样细心、有耐心，这样伺候几个月，它才会长出健康、丰盛的果子。

在一株植物面前，当好农民，并不简单，因为难度不在技术，在持续地专注。

种菜记 下

今年种菜，相对前两年，就进步了很多。和学所有的技能一样，经验是个不断试错的过程。比如语言，我在西安读四年大学，都没学会陕西话，来山上半年，发音就和长安人没有什么区别了。就是因为长期的对话中，在个别词语上的不断修正。

今年种菜，按说四月初就该忙活了。清明前后，种瓜点豆嘛。但我比较图省事，每年都到四月中旬后，才下山去买农民育好的苗回家栽。今年的菜地，是挨着的新院子，和我院子一墙之隔的另外一家，去年我也给我租了。我扎了篱笆，圈了个院子，等于两院房。这样的话，菜就可以种更多了，有篱笆，采光好，浇水方便，也不会被鸡和鹅祸害。如果水不像第一年那样断掉，今年应该会是个丰收年。

农村每年四月份的集，都很热闹，卖各种花苗、菜苗、小鸡、小鸭的，糯糯很喜欢，所以每次回来我都会带着她赶集，但今年四月她不在。

今年我的菜地比较大，所以每种菜苗买得都比较多。另外，我每样都买三份，利平家的、我的，还有永琴家的。别人都买一捆两捆，我说："给我拿六捆。"旁边大妈就很崇拜地看着我。

西红柿合三毛钱一株，我十二元买了四捆，四十株，如果每株结三十个西红柿，那今年夏天，我就有一千二百个西红柿吃了。

农村的集，城中村的街道，和公园定期的跳蚤市场是同一种产物，

只不过人群层次不一样。但城中村却被城市管理者所不容，视为眼中钉，恨不得全部拆完，在他们眼里，“城市”总是带着高高在上的优越感，城中村拆完后会出现什么呢？贫民窟，边缘化的反弹。

今年和去年一样，我买了西红柿、青椒、豆角、茄子、黄瓜、苦瓜、南瓜、冬瓜、葱、秋葵，还有我妈寄给我的眉豆、丝瓜、荆芥，只是挖地，我就挖了一整天。

种菜要在下午太阳的温度不再灼热的时候，裸根的菜苗太脆弱了，

禁不起正午的阳光直射。种完之后第一遍水要浇透，尽量要让根持续泡在湿土里，让它缓一缓，适应新的土壤。人和植物一样，一旦适应了新的环境，就会对那片土地依赖了。

今年我种的菜，虽然比去年好一些，但和一个专注于土地的农民比，还是差得很远。要是我奶奶在，会在开春之前，就把地翻一遍，把每一块土敲碎，每一颗小石子都拣出来。每一株草只要冒芽，就会被我奶奶拿锄头锄掉。我奶奶种过的地，草都不敢长。记得刚上山的时候，有一个老太太，每次我路过，她都趴在刚长出来的玉米地里拔草，整整一个多月，远处田里的一个小黑点，就像是长在那块地上的一棵树。很震撼，一个农民对待事情的单一和专注，是多少人都无法企及的。

新开的地，比较硬，除了阳光和水，还需要施肥，菜才能长得更好。但靠我一个人造粪，根本存不住，还没来得及收，屎壳郎就抢先抱回家开Party了。种菜虽然需要肥料，但人家屎壳郎是要养家糊口的，夺人口粮，总是太残忍。所以，我只能在鸡窝里掏鸡粪，但鸡每天在外面跑，鸡窝里的粪很少。鹅是个造粪机，一路走一路拉，一边吃饭一边拉，消化系统好得不得了。但我的鹅，和我的鸡一样，也是放养，所以眼看着鹅粪拉在没有价值的空地上。哪天真应该把鹅培养一下，每次要拉粪，就跑

到菜地来发泄，屁股对着西红柿的根，像狗狗对着电线杆那样。我托着下巴想，如果这样，那我就多养几只鹅。

以前听说农村，有人为了一点儿牛粪打起来，觉得很好笑，现在不会觉得好笑了。

有时候常见的事物，大概是因为太普通了，像二十四节气，都是古人参破万物的秘籍，但过于熟悉，就很少注意它的质感。像“清明”，气温转暖，万物清明，每个人都知道它，但却不是每个人都能体会到，这两个字自古以来是怎样在一颗种子身上连接着天和地的。

就像你有一个菜园，旱了好些天，突然一场雨就体会到了，几千年来，农耕文明里，天、神和人的关系。

我相信一个人的生活只要足够有趣，一定是脑袋撑起的，天眼一开，五步之内，必有芳草。而一个内心没有诗的人，是看不到诗的。唯有眼睛，不可复制。所以两年前《续借山居》里我就清楚，火，只是“存在”的泡沫罢了，只有诗和画的尊重才是持续的温度。

第六章 隐秘的现实

栽 棵 树

//

去年和今年，院子里都种了点儿玉米，很实用，既当粮食，又做绿植，每年春播秋收，一年一季。我曾专门注意过玉米的长势，那种三五天就发芽，七八天就几寸长，个把月就一尺高的生长速度，非常显著，跟初生的婴儿一样，每时每刻都在长，真的就是日新月异。感觉如果在它的叶片上，放一颗纳米高清采音器，都能听见它嗞嗞嗞嗞长身子的声音。

很刺激，不知道是谁最早把玉米作为粮食栽培的，那一定是每天都很欣喜的一段经历。

只是玉米长得太快了，枯死也快，生命周期很短，像是带着使命来的，三五个月就过完了一生。于是我发现一般生长过程很急、很快的植物，

一生都很短，像麦子、禾草、玉米；但如果生长过程很稳、很慢，一生就会很长，像银杏、柏树。

所以树是最聪明的生物。

远古时期树神被奉为植物界最高神祇，大概就是因为自然生长的树都比人活得久，很稳、很慢、很安静，万古长青。在先祖眼里，树和自己一样，会繁衍会生长，所以在一棵树上面看到的，都是和自己相关的生命力，比如阳光、雨水充沛，枝叶就很繁盛；砍断个枝杈很快又能冒新芽，哪像自身，胳膊被动物咬断后，就再也长不出来了。

我不想栽树的其中一个原因就是，树神太像神，显得我太微不足道了。山里住，周边很多树都比我年龄长，一想到几十年后，我不在了，

那些树还会在同一个位置，伫立、呼吸、远观这世间万象，如此安静，缓慢地活着，我就会很虚无。在它们眼里，我的一生，就像春生秋死的玉米，匆匆忙忙就消亡了。

直到有天我见到一棵上万年的银杏，突然想起院子里的两季玉米和一棵树的两个年轮，想起庄子说："上古有大椿树，以八千岁为春，八千岁为秋。"我才意识到，在时间与空间面前，我的视界太窄了。

半年生的玉米和万年生的大树之间，我的存在，本来就是相对的。一季生，百岁死和万古长青，其实没什么区别，就像这座山上的知了、玉米、花和草，已经轮回三十次了，我还年轻着。

于是回家后，我就拿出铁锹，在院子里挖了个坑，栽了棵树。

小红理发店

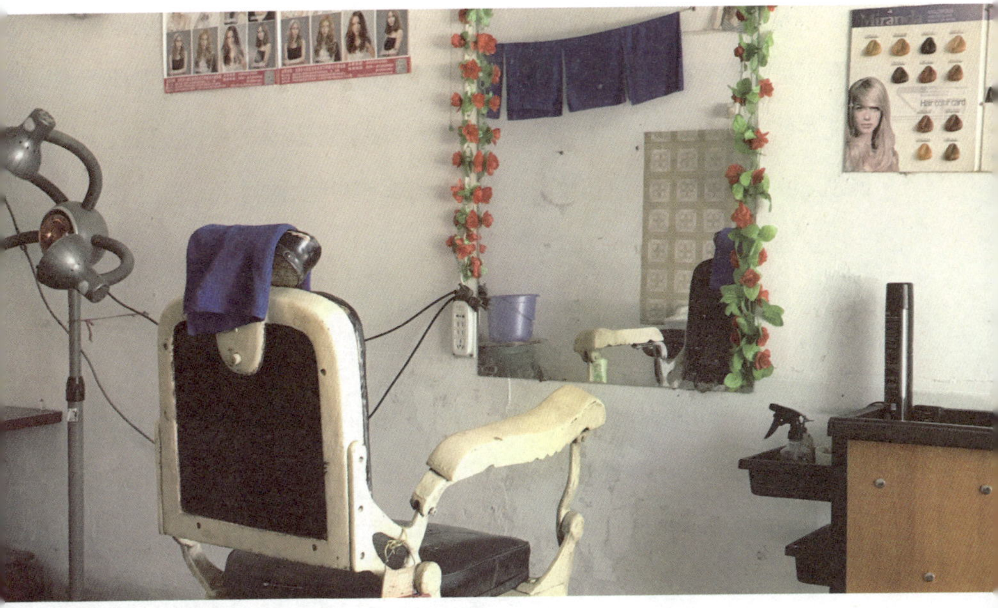

昨天上午下山给摩托车加油，路过镇上，顺带理了个发。一直认为如果不是有什么特殊要求、做造型的话，只是修剪一下，那么镇上那种十元洗剪吹的理发店，和城里三十元的高级发型师剪出来的应该没什么区别。说不定都是同一家技校毕业的，只是镇上洗剪吹的阿龙，进城后，与时俱进，改名为 Kevin(凯文)。

所以我理发从来不挑店面，只要路过写着理发店招牌的，就进去了。但今天这家，刚进门，我就后悔了，招牌看着挺好的，但里面怎么这么脏啊，椅子上的污垢都有包浆了，热水器还是个改装的手动挡，感觉这个理发店就是街头地摊给当地老头五元刮光头的升级版。

太陈旧了，以为是“阿龙美发”，原来是“老刘洗剪刮”。但摩托车都已经锁在人家门口了，进了屋就走也不合适，所以只好踏踏实实地坐下来，说服自己，就当是个体验。

洗头的时候，我跟老板说：“稍微剪短一点儿就行。”洗完我又强调，“不要太短。”但老板一剪刀下去，我就不敢再多嘴了。我发现很多理发店的老板，都很叛逆，你让他稍微剪短一点儿，他就会把“稍微”这个词过滤掉，咔嚓咔嚓，直接“剪短”。每次吹头发也是，我说“分开”，他们就会拿梳子，勾出一条端直的分水线，拿吹风机，分别执着地往左右两边持续吹，直到吹成一本展开的书；我说“不用分了”，他们就会

给我吹出一个软塌塌垂直悬挂在脑门上的刘海儿。我说“蓬松一点儿”，他们就会换个圆圆的塑料卷发梳，拉扯着我的发根，拿吹风机尾部，来回扫描，直到我的头慢慢变大，看起来像被电过一样，搞得我每次回家都要重新洗一遍。

并且我发现，他们根本不知道什么是“自然一点儿”。以前每次理发，我都给理发师建议，我说你可以快一点儿，不要修那么齐，整得跟刀切的一样，可以自然一点儿。我说的“自然，是那种不用过度修饰的随意性，事实上剪短了，但看上去却不像是剪短的，像是本来就这么长”。但理发师实在悟不透，每次剪头发，要不就是对着一撮头发一根一根地对照，要不就一听我说“快一点儿”，就以为我很着急要走，很高兴地草草了事，至今我没遇到过能理解我意思的理发师。

我一直在想，如果有个理发师能理解“自然一点儿”的真正含意，那一定是真正把理发当艺术的造型艺术家，因为大多高级的艺术创造，都是“不露痕迹”的。比如文学，多数文章或者诗歌，都是先有一个点，一个思路，然后经过布局、书写，反复修改润色的结果，但好的文学就在于根本看不出“写”的痕迹，像是一气呵成的，像说话一样自然，音乐编曲也多是一段一段，反复完善的韵律；像电影剪辑、摄影、绘画、表演、舞蹈、雕塑等的创作，无一不是如此。“刻意”是过程、技术，“随意”是结果、高度，多数优秀的艺术创造，都是在完善“刻意的随意感”，万变不离其宗，理发作为一门技艺，也是同样的道理。

当然，除了少有的那种，如有神助的即兴。

我剪过最快的一次，是在我们县的一家发廊，那时候我上初二，有家发廊，每天来回我都会路过，印象很深，因为每次他家关门都很晚，晚自习放学了灯还亮着。那天下午，我跟平常一样从那家发廊门口过，见那家门半开着，便跃上两个台阶，推门进去，一进屋，里面坐着好几个“小红”，浓妆艳抹，怔怔地看着我。我说：“剪头发。”

我当时真以为是剪头发的，只是后来想起，才觉得不对劲。姑娘们看我一脸纯真，有点儿慌乱，没想到这傻小子真是来理发的，于是只好往里屋喊了声：“老板娘，剪头发的。”老板娘闻声很不高兴地从套间里探头出来，看了我一眼，皱皱眉，说：“洗洗吧。”那时候我十三四岁，觉得老板娘挺漂亮的，便很高兴地坐到热水器前，老老实实地洗头，吹干。记得老板娘当时手起刀落，快如疾风，不到两分钟就收工了，剪完还狠狠地抽了支烟，说：“好了，五元。”然后看都不看我一眼就转身进屋了。现在想，那可能是我这么多年理发，最“自然”的一次了，老板娘自己可能也没意识到，由于给我剪发的过程中不太情愿，反而抛开了个人主观审美的束缚，放下了以往修剪的程式感，结果竟然有种浑然天成的超然。有技术基础的人，无意识的果断，并不会真的没有规则，规则还是存在的，只是潜藏游走在直觉的边缘。“随意的随意感”，是即兴艺术的金线，接近“道”了。我记得当时对着镜子，照了半天，特别满意。

大多数时候，失败的艺术创作，都是“刻意得很刻意”，像那些拙劣的演技，处处暴露着造作的痕迹。我这次失败的理发就充分验证了这一点。给镇上中老年客户剪了十几年头发的“理发师傅”，挑挑拣拣，来回比画了半个多小时，终于平衡了我头顶毛发的各个边角，保证了每一块剪刀掠过的发梢，都跟尺子丈量过一样齐整，就像乡镇影楼的修图高手，每一张照片，都要调整光效，拉长、虚化、美白。重新洗过吹干后，我戴上眼镜的一瞬间，差点儿认不出镜子里的人。

唉，果然还是被剪成傻瓜了。

不过我已经过了为了头发会大哭一场的年龄了，只有上初中的时候，才会为这种事泪如泉涌。青春期的存在感，全都是源于外界对自己的侧目，以为所有人都会盯着自己的头发看，所以对着镜子，会特别恨那个理发师，都想默默退学算了。

青春期的时候披肩发，很叛逆，很暗黑，走在街上，很多人都会多看一眼，现在想，那一眼其实大多都是出于怪异或者反感，但我就认为那是一种吸引，特别有存在感。像杀马特把自己打扮成那样，完全是因为走到街上会有很多怪异的目光，怪异的目光也是目光啊，总比形同虚设要更踏实。葬爱家族的忧伤，和文青摇滚青年的孤独一样，本质上，都是存在，只是大多数人的存在，从青春期的个性、美、帅，换成了成年后的权、财、声望。卖弄学问和炫富一样，都是在表达自己非形同虚设的不同，表达存在。或者说一切个人问题，都源于“存在”，因为每个人没有存在感时，都会恐慌，所以都在用不同的方式来宣告自己的存在，只是有些人需用外力，有些人运用内力。

只是现在早就释然了，在山上，哪有人看。

吃起来像小鱼儿一样

我妈每年都会做槐花面吃，和茄汁面一样，就是把槐花裹面粉煎一下，面煮好以后，倒到锅里搅一搅，再撒点儿葱花之类的。我奶奶说，吃起来跟小鱼儿一样。

吃起来跟小鱼儿一样，这个比喻很有意思，一听就是来自穷困的比喻。农民以前日子过得穷，吃不上肉，所以很多菜都希望能做出肉味儿，“吃起来跟肉一样”，是对一个菜最好的评价了。比如河南有种豆制品，叫“人造肉”，炒韭菜很好吃，其实就是用大豆压制的类似像腐竹一样的豆制品。人造肉，在现代人眼里看起来有点儿恐怖，是因为“人造”这个词大多数跟假东西关联在一块儿了。但以前不是这样的，以前“人造肉”听起来是能让农民欣喜的——人可以把豆子做得吃起来跟肉一样，穷人买不起肉，

但豆子家里多得是啊，这样的话以后不就等于可以天天有“肉”吃了。

还有很多，面筋最初造出来时，也是因为吃起来有肉的口感。陕西有个小吃叫“浆水鱼鱼”，就是把凉粉做得跟“小鱼儿”一样，也叫面鱼

豆腐脑，不但要有鱼有肉，还要有脑吃。素鸡，就不用说了。

我奶奶的比喻总是给我惊喜，比如她说自己种的西红柿结得多，跟

葡萄一样。跟葡萄一样多的西红柿，一个挨着一个一大串，一听就很多。说嘴干，跟柴火一样。你一听，就知道有多干了，都快着火了。我奶奶没上过学，不识字，但比喻却无比精准有力，因为她的类比，都是最直接的。而现在，读了书的文学爱好者的比喻，却很容易造作又无味，就是因为他们，太注重“比喻”的文学性了。

公度说，百分之九十的失败写作，是因为文字不真诚，总希望写得很美（美文，大部分写作死在“优美”上），或者很乡土（这个几乎是大部分作家的通病，太注重“文学性”），但写出来就很浮夸，因为太注重写了。百分之十的失败写作是感情不真诚。但感情不真诚很容易被戳穿，文字不真诚，大多数人就看不见了。因为在他们的写作经验里，似乎就只会这样写，因为，他所学的和他喜欢的，都这样写。

诗歌也是，和小孩子画画一样，写作的难度不是读过多少书，却是如何写得像没读过书一样干净、自然。又回到以前那句话里了，返璞归真，“返”字是价值的体现，“真”的程度决定价值的高度。书画、口语诗、当代艺术等，很多密码都在这个标准里。

所以比喻有两个高度：一个如我奶奶，吃起来跟小鱼儿一样，看山是山，看水是水的“孩童”境界；另一个如贾平凹，看山是山，看水是水的，“返老还童”境界——

“庄之蝶把软得如一根面条的妇人放在了床上，开始把短裙剥去，连筒丝袜就一下子脱到了膝盖弯。庄之蝶的感觉里，那是幼时在潼关的黄河畔剥春柳的嫩皮儿，是厨房里剥一根老葱，白生生的肉腿就赤裸在面前。”——节选自《废都》

隐秘的现实：仙侠人魔妖神怪

有一天，有个男的走到我院子，开口就自我介绍，说自己是隐士，之前在 × 峪隐居，说去年还有个小龙女，住在他附近。这一开口，就把我吓到了，忙问："小龙女是什么鬼？"他说就是去年啊，穿着汉服的。我恍然一愣，点点头说："哦——有印象，不过好像搬走了。"然后我问："她自己说她是小龙女吗？"隐士说："是的。"隐士说自己有很多道友，都在终南山隐居，还说有个隐士群，每天交流隐居心得。我吓得肩头一耸，说你怎么认识那么多妖怪啊？然后他就不知道怎么回答了，开始和妖怪撇清关系，说自己不喜欢那些人，进去后就退群了。他说隐士群里，经常有些女的，吃个早餐，就拍个朋友圈，写着：隐士的早餐。他说，太虚荣了，他不喜欢。

真是措手不及。以前只是听说过，终南山上有一群这样的人，它们汇聚在各种社交群里，创造着“隐居在船上”“隐居在医院”“炒股隐居”等这些令人瞠目结舌的新名词，今天听介绍才知道，这个群体不但是真的，而且还很庞大。

很刺激，隐士走后，我就很认真地反思这个问题，想来那些吃个早饭，就发朋友圈标榜“隐士的早餐”的人，他们的精神世界，是什么样的呢？那些自称隐士，或者被人称“隐士”后沾沾自喜的人，面对“隐士”这个词时，是怎样理解的呢？好像那些人完全不理解“隐士”这个词的真正含义，比老外的误解更表面，就像今天这个男的，他可能真的认为“山里住的外地人就叫隐士”，或者穿着古装拍拍照就是隐居（**然后把这个误解，和真正“隐士”这个词原本的形象挂钩**），所以才敢自称“隐士”，认为自己就是跟书中隐士一样的角色。当他把他误解的自以为是的隐士，和真正隐士的概念混淆在一块儿的时候，莫名其妙的虚荣感就出现了——你看，他在终南山住，他交往的都是“道友”，加的群也是隐士群，他的朋友都是隐士，所以他也是隐士。

有了这么高级的形象后，他就再也不想承认自己是那个城里混不下去被公司开除的失败者小刘了，遇人就给人表白、强调、标榜，自己隐士的身份，就像没有地位的平民，有天开了打印店，就恨不得给所有人都发一张艺术总监的名片，这种身份认同，让他特别有存在感。

入魔了。

后来我发现，其实当那些人标榜自己“隐士”的时候，我所震惊的，并不是装格调这件事，就像我反感古琴热、瑜伽热、辟谷热、汉服热、隐居热时，反感的并不是那些名词本身，而是他们在还没弄懂那些事物本质的时候，就理直气壮地滥用、标榜和表白自己所曲解的现实，并且，整个生活都被这种愚昧、虚假和浮夸填满。

其实这种状态，如果只是他一个，没有人附和，也就罢了，但悲剧的是，这种状态的人，不是他一个，而是一个庞大的群体，隐居群、小龙女、神医、道姑、琴师、居士和欣赏他的看客。这个由缺乏审美力、判断力的看客和那些角色组成的群体，相互交流、相互欣赏，相互称颂对方是“隐士”的过程中，各自越陷越深，直到走火入魔。

很危险，入魔就废掉了。

以前我总觉得那种仙啊、神啊、妖啊、魔啊，这些词语，只是文学性的创造，或者是一种不存在的超现实的东西，后来视角一转，发现这些定位太厉害了——那就是一种象征啊，对应的现实。就像战犯身上的魔鬼气、贪官污吏腐秽气、知识分子的书卷气、虔诚圣徒的洁素气、屠宰场的杀气、儿童乐园的天真气等，都是实实在在存在的，身体就能察觉到的现实。就像真诚、倔强、善良的人，看上去明显一股清气、正气，愚昧、虚假、浮夸的人看上去就是有股浊气、邪气，而清、浊、正、邪，都不是玄妙抽象的东西，就是一目了然的，隐秘的现实。

正如仙、侠、人、魔、妖、神、怪一样，都是这个世界肉眼就能看见的，实实在在的存在。不然，想象一个通达谦逊、德高望重的高僧，笑而不语，一个老实质朴的农民，埋头种着地，和一群跟随导师，闭着眼睛，双手高举，开口闭口讲灵通，举手投足都在采气的中年妇女，出现在同一个画面里时，神、人、妖的原形，就一览无遗了。

于是，这个世界，只是转化一下视角，很多隐秘的东西，就都显了出来。

草棚丝袜

大部分人提到终南山，或者隐居时，带有很多符号化的意淫，比如男的要布衣长袍，女的要绣衫罗裙，屋里最好写个“禅”，门口挂个“止语”，抚琴弄剑，冥思静坐，一身老骗子的打扮。实在没什么技能的，可以练练瑜伽、采采药，桃花树下背着手拍拍照。住的地方也一样，一定要有草棚，有个牌匾，写着草堂，取暖一定要烧柴，窗户一定得是旧的。要远远看上去，像个路标：前方五百米有隐士……

给隔壁院子圈墙的时候，我一直在想，到底怎样的大门，能搭得上那道只有“形式感”的墙（当时出于无奈，没有路，砖墙得背砖，泥墙工程量太大，就只能砍点树枝临时圈了下），最后想了很久，让村里邻居给帮忙，花了一天时间，盖了一个带盖儿的小门楼。小门楼两根柱子，上面竹子做的顶，铺着两块藤编的簸，下面两扇竹片扎的门。

帮忙搭门楼的工人在快收尾的过程中，我就已经发现这个门楼的丑了，太丑了，怎么看，都不是我想要的。门楼左右两边两道篱笆墙作为“两个长方形的面”“低矮稀薄”，中间立着这样一个“头重脚轻”的门楼，显得特别“正式”，又“不得体”，就像一个穿着大了两号西装的矮子。我的本意是配一个和那些篱笆一样“轻松的、笨拙的、随意的”门。轻松不轻薄，笨拙不蠢笨，随意，不刻意，更不能任意。

我觉得这一定是顶太大的缘故，于是第二天，我就搬了梯子，举着切割机，将两面的顶“切窄”了一部分，把门换成了木板。然后我又站在远处，反复“审视”，就像手拿铅笔对着写生物体感受“比例”。最后发现，藤编做的顶，似乎太轻了点，重量不足，应该多一层覆盖物压一压“重心”，于是我就割了很多蒲草，铺在上面。等一切结束，门楼修修改改，造型上也差不多平衡了，我又突然发现一个，比它的造型更无法容忍的败笔——这草棚，太像“草棚”，实在太作了。

大概是因为终南山这两年，太流行住茅棚，导致很多人一看到住茅棚的出家人，就觉得遇到高人了，以至于我对茅棚有一种生理的排斥。因为，隐居这个词和太极、神医、禅、道、书法等这些概念，太容易形

式化了。能不能不那么像个隐居的，敢不敢像个“家”？

我曾认真思考过一个问题，就是为什么那些跑到山里修行的妇人穿着白裙、戴上斗笠或草帽时，看起来那么突兀，而农民在田里除草、收割戴着草帽，看起来就浑然天成呢？

大概就是因为农民的草帽是用来遮阳的，在他收割时，草帽的遮阳作用和肩上的毛巾用来擦汗的作用一样，都是实用的需求，草帽在他头上，没有任何实用之外的其他价值。而那些穿着白裙的妇人头上的草帽，大多都是用来装饰的，装饰：装 ×，修饰。

还听说有些姑娘在山里住，上山之前穿着都是 T 恤、牛仔裤或者凉鞋、短裙那种常见的街拍品牌，上山后就开始穿布鞋、麻裙、布衣长衫，很像个修行人。可是我就想问，住山就要穿得像神仙吗？

一个姑娘，穿丝袜抡锄头多自信。（突然想起公度说：“为什么那些抚琴的，不敢穿大裤衩表演呢？你想想，一个人，穿着大裤衩，拖鞋弹古琴。太厉害了，有魏晋风。”）

“雅”和“俗”本身并没有什么区别，一个高雅的人并不会认为自己的行为讲究很高雅，因为那是他的常态，还记得那些被装饰得像LV一样，那一定是来自唐朝贵族的日常美学。一个皇族小姐，给自己的琵琶（包包）装点得那么华丽，用着金银雕饰的餐具（奢侈品），骑着汗血宝马（豪车），根本就是个自然随性、无意识的生活搭配。一个生在底层的世俗之人也不会认为自己很俗，行走坐卧放荡不羁，布衣蔬食鸡毛蒜皮，那也是他最基本的状态。

而大多数时候我们觉得一个人“作”，或者“俗”，令人讨厌，是因为那个人的行为姿态和自己本来的面目不符。比方说，来自上流社会精致的贵人“甲”在公共场合抠鼻屎，讲黄段子，你就会觉得特别俗特别不适；而靠喂牛种地养家糊口的村民“乙”，非要省吃俭用花很多钱买块名表来表现自己的格调，就很俗。

这也是为什么很多审美看起来特别土、特别作，就是那种不属于他的错位感。

就像最早的百衲衣的确出于贫困或者节俭，让人敬重，后来有人觉得百衲衣在象征着节俭的同时，还衍生出象征着苦行僧的盛德遗范。于是大把好好的衣服不穿，一件件撕碎重新缝起来，或者直接买一件百衲衣来穿，于是百衲衣在他身上，就变得特别俗。

像最早的金缮是贵族人家心爱的玩意儿被摔破了，因个人情感或物尽其用之美学情怀，找了匠人将其残缺部分修补，因此有了金缮这门技艺。后来有人为了表现自己也有同样的贵族审美和情怀，就将好好的杯子故意摔破，再找人修缮，放在案头装饰。

可是草棚是一样的草棚，草帽是一样的草帽，罗裙是一样的罗裙，百衲衣是一样的百衲衣，杯子是一样的杯子，物是没有区别的，怎么判断真伪呢？

还是有办法论证的，只是要一层一层剥开后，整体来看了。记得以前写过一篇文章里有一段，“为什么暴发户用 LV 的包，就是暴发户，而贵族用就是贵族呢？因为 LV 这个包不是孤立的。要用这个包，除了全身行头的价格品位都要和这个包的格调价值匹配之外，还有车、穿戴，更重要的是举手投足、学养、见识、素质等，都匹配吻合的条件下，这个包才不会突兀。所以暴发户只知道买了个很贵的包，而不知道这个包的价值是多么复杂的人类文化生成的”。

说白了，就是搭不搭。真正雅俗或者真伪的界限并不是雅俗或真伪本身，而是一个人的行为姿态，在属于她的语境里，是否突兀，是否有让你感觉到明显的浮夸、虚假和做作的成分。也是为什么我说住在山上穿得像个仙女不如穿丝袜更好看的逻辑，因为白衫罗裙根本不适合抡锄头、爬山啊，而丝袜，起码还能占个性感（当然丝袜是玩笑话，只是对人间气的一种表达）。

真正的有格调的人对格调这件事，是不以为意的，他所有的选择都象征着格调，只有需要让别人知道自己格调很高的人，才会对表达有格调这件事很用心。所以每次有人问我在终南山有没有见过很高级的隐士，我就会跟他们说："没有隐士。"这里面有一个误区，首先，没有隐士，是因为隐士是后世给前人的定位。然后是，出家人在山里住，不叫隐士，最多叫修道者。而山里大多数修道者，都普普通通，和我们一样，只是衣着不同罢了。（我觉得很简单，就是你把那些人的形式全部剥离之后，再看他，还会觉得高级吗？你会发现那些以形式迷惑你的高人，其实比"普通"还要愚蠢。就像有些和尚把僧衣换成西装后，剃度过的光头就像黑社会的文身。）

长安城的和尚和那些来终南山隐居的"高人"，都知道形式的奥妙，所以终南山这两年，很流行住茅棚，有"游客止步"，有"修行勿扰"，有"止语"，有"草堂"，有"茅棚"，瑜伽、辟谷、禅修、问道，每个大师背后都有一大批少妇追随，特别高深，还喜欢扎堆，跟艺术家住艺术区一样，说大峪有高人，熊沟隐士比较多，又说近两年，库峪隐士更多。感觉终南山每一片落叶，都能砸到一个隐士。后来我才发现，除了装神弄鬼的，原来寺庙里的和尚住上一段茅棚，回来后是可以提高地位的，就像海归。最近竟然又听说，×峪要搞个隐士文化小镇，听起来给人一种茅棚要扎堆，隐士们要搞隐士协会了的感觉，太讽刺了。和“古琴协会”一样，一股妖气。

其实并非我有偏见，而是我在山上住，去过不少地方，见过很多不错的院子，就是因为离寺庙太远，或者太孤独了，出家人都不过问，而那些“隐士”选择隐居的地方，要不集中在一个区域，要不大路上就能看见，要不就是附近有寺院。并且我之所以越来越确定没有什么“高人”，是因为这个时代传说中的高人，就像传说中的太极宗师一样，是文化环境造成的，佛也好，道也好，其实时代有多平庸，这些领域的成就，就有多普通。平庸，是这个时代的场，在这个场里，没有什

么能到巅峰。

所以我每天早上开门看见这个门楼，就很讨厌。一个星期之后，我终于忍无可忍，拿锯给干掉了。

绿皮车厢

记得以前上大学时，过完年，由驻马店坐车回西安。那个时候驻马店火车站还是个小站，小站不像大站，每次经停时间都很短，郑州停车半个小时，驻马店停车只有六分钟就开走了。所以每次站台上的人都紧绷着，车还没停好的时候，就开始挤挤攘攘，蠢蠢欲动。然后在车门打开的一瞬间，像登陆战一样，一群黑压压的脑袋驮着包裹，瞬间就把车门堵得水泄不通。那个时候恰逢春运，挤的又是绿皮车，整节车厢买票的都是扛着包裹、来自农村的农民工和我这种穷学生。都是老百姓，也没什么规矩，就是只要看到车来了，便本能地往前挤，力争上游。他们只知道，时间很短，人很多，我要上车，排队什么的，愚蠢得好笑。所以不管是爬窗户进去，被挤进去，被踹进去，还是被横举着塞进去，都无所谓，只要进去就很满意。

所以在我双脚悬空，眼镜都快被挤掉的时候，突然看到一个充满诗意的镜头：铁道管理员，用脚在拥堵车厢门口大迁徙的“角马”屁股上用力踹，就像一个胖子用手往他的绿皮紧身裤里塞赘肉。

很民间，很现实主义。我后来想，我之所以想起，觉得特别有诗意，是因为除了那些没挤上火车，火车便开走了的倒霉蛋，上了火车的那些人，大部分的脸上，都还是很欢乐的。他们簇拥在车厢门口，挤着扛着，屁股上被管理员用脚往里踹的时候，丝毫不会恼怒，就像在做游戏，竟然还起哄。语笑喧呼，万头攒动，跟赶庙会一样。那种欢乐，在他们毫无顾忌又沾沾自喜的脸上，特别有诗意。

喜欢民间文化，喜欢底层农村人的一些生活状态，就是因为那种环境里，人的行为都放得很开，比如酒桌聚餐，文化人一起喝酒，气氛就很肃静，都很端，一不小心就容易尬聊。而那些农村人喝酒的时候，就是另外一种景象，会划拳，动作很夸张，声音震天响，感觉随时都会打起来。其实在他们的语境里面，劝酒划拳是一种快速交流的语言。划拳划到嗓子哑，劝酒劝到操板凳打起来，也是一种对话。简单，直接，粗暴。而“喊”是渲染氛围，是音乐。最好是用玻璃杯，混合着酒杯碰撞叮叮当，老爷们光着膀子，孩子在一旁扒着腿哭闹，叫红艳或者兰英的媳妇一会儿进来催一次，这就更好了。

当然，并不是说文化人那种状态不好，而是说，太紧了不好。伪文明其实就是在不停地给自己画圈，抬高自尊的底线，让自己变得越来越精致，越来越小气。所以我讨厌的不是雅，是“假”；喜欢的不是俗，是“真”。

最好的“隐居”地

上学的时候画创作，总是在想，怎么画，画什么，现在画画，根本不用想，入画的内容俯拾即是。就像写作，能写的东西太多了，如果不是精力有限，每个星期都能写一本书来。

很多有价值的东西就在身边，只是大多人都看不见。我曾好几次在城里逛时，注意到路两边的绿化带，发现很多绿化植物的根，线条走势特别完美（大概是常年矮化的缘故），随便挖来一棵养两年，就能变成一个非常漂亮的盆景。感觉仅是一个商场周边的绿化带，我都可以挑出几十棵以上的精品来。

当然，价格只是为了表达美学价值，并不是重点，重点是这么多好东西，就在眼前，但基本都用来做绿化带或烧柴了。

我们村的村民，很多人这两年看到租房的多了，就把老瓦房拆了盖成不伦不类的平房，贴上瓷砖，装上防盗门防盗窗，好不容易长点儿野花的院子，都要拿水泥硬化一遍。按着内心想象的城里人的审美，盖得跟城里一样。于是很多本来想租房的人，一看这种款，就没了心情。这个时候，尴尬的事就发生了，那些没钱盖新房的，顾不上拆的老房子都被人抢着租，盖了新房的渴望被租的，无人过问。

像个寓言。寓言之所以经典，就是因为寓言象征了普遍性，在每一个人身上，都可能发生，并且永恒上演。

就像很多人在城里住，每天都在生活，但大多数人都只是“活着”，只能看到城市的现实，而有些人，就能看到艺术，一种诗的存在，现实之外的超现实。

但诡异的是，每个人都以为，诗是环境决定的，他们总是问：终南山，还有院子吗？我想去终南山隐居。先不说“隐居”这个词没人能承受得起，就顺着他们误解的“隐居”来说（已经不想再反复纠正概念了，干脆创造一个好了，且称这种被误解的生活方式为“新隐居”吧，新隐居和隐居是两回事，就像新古典和古典），真的想“隐居”，一定要扎堆“终南山”吗？如果不是对终南山有特殊的情感，中国那么大，山好水好的地方那么多，哪里不能“隐居”呢？反正我觉得华山、嵩山、老乐山都挺好的，如果有一天秦岭不让人住了，换驻马店也不错。

以前我认为，“大隐隐于市，小隐隐于野”观念的流行，是源于误判这个观念的群众基础太大，因为能做到隐于野的人是极少的，而内心喜欢隐逸的人却是很多，几乎人人都有这么一个桃花源的想象，所以这个观念其实是那些想隐于野但又舍不掉市的生活品质的人意淫的产物。而现在，我除了觉得这个观念不成立，很讽刺，还发现它很狭隘。“隐”是内心的通达和宁静，怎么还能分高低呢？真正的隐，显然是隐于内心的智慧，那些有庞大的格局、审美力，清醒通透的脑袋，他们在哪里生活，就是在哪里隐居。

有心观物，万物可见，有心是前提。就像春华秋实，每年都会在每个人身边上演一遍，就像阳光对任何人都不偏袒；就像每个县城都有村，每个村都有地，每块地，都有花草，每一株花草，都是诗。所以，要想“隐居”，真的是哪里都可以，花就在那里开着，人在哪里，哪里就是最好的隐居地。

有人说我文章里描述的生活美好而惬意，但是生活的真相往往残酷，山里的生活一定也很清苦，怎样理解这种清苦和美好呢?

很简单，春有百花，还有泥巴。秋有月，还有漫长的阴雨季。夏有凉风，还有虫。冬有雪，还有寒冰。但我不写泥巴路滑，不写雨季漫长，不写虫咬，不写冷。不值得写。

苦的存在是为了让甜成为甜。

第七章 『昆虫』研究

又做了件蠢事

今天又做了件蠢事。刚才郑佳跟邻居小华家的狗咬架，被小华家的黑狗咬住耳朵，血流一地。因为郑佳眼睛刚瞎，我担心耳朵再被咬掉，情急之下就拿着棍朝着小华家的狗敲了一棍。打完就后悔了，慌乱之间打到头了，那个黑狗两腿一软，差点儿晕倒，随之缓了缓，摇摇晃晃就跑回家了。

但这还不是最蠢的，更蠢的是，郑佳和黑狗咬架的过程中，黑狗的主人赶着牛，也在旁边看着……对方当场就怒了，指着我鼻子，破口大骂。从我上下山在他家谷子地里踏出一条小路，到去年养的鸡吃他家的菜，一直数落了我好半天。

挺能理解的，就像两个小孩打架，你儿子吃了亏，被按在地上，然后你过去帮忙打上面压着自己孩子的占了上风的那个别人家的孩子。可是人家家长在旁边也没插手啊，大概这就是典型的护犊子。我自知羞愧，不知如何是好，只是任由他骂，满脸尴尬赔不是。

很沮丧，两只狗咬架，又无法近身拉开的情况下，我一直都不知道到底该怎么办，好像责怪哪个都不对。

小华冲我数落，发泄完，骂骂咧咧赶着牛就回去了。我回到屋里，却是很不自在，真是羞愧又尴尬，而且转念一想，也觉有点不安，想着这“郑佳”总是好勇斗狠，下次再跟黑狗咬上，小华要是记恨，一棍把“郑佳”敲死，也是顺理成章。农村就这样，不是你怕谁，而是不喜欢过个日子磕磕绊绊，就像趁我不在，狗被敲死的话也只能认栽，即便心里知道是谁干的，但没抓个现形，也无话可讲。

于是我虽然有点儿磨不开脸，不知道说啥，但还是想着，等对方气消一些，应该提点什么赔个不是。

只是很纠结，如果提点菜吧，人家自己种的比我种的都多；提鸡蛋吧，人家也有养鸡。带肉的话，是生肉呢，还是骨头呢？带骨头，明显是抚慰狗的，带肉的话，就是另一回事，表面上看是抚慰狗的，其实是有意留给主人家的。很微妙。

在农村，一个外来者跟一个当地人的关系，是最难处的。过得好了，会多一些隐隐的嫉恨，每张善意的笑脸背后都在打着占点便宜的主意，很丑陋；过得差了，就多了个茶余饭后的笑话，指指点点，也很难看，很难找到那种不多不少，恰到好处的平衡。不过让他们笑话总是比嫉妒好一些，笑话就笑话，你的世界又不在他们之间，但被眼红就很麻烦。

所以中庸与平衡，都是为了生存。就像虽然我有点儿磨不开脸，不知道说啥，但还是等对方气消了一些后，提了点儿排骨，过去赔了个不是。

半个月后，中午正修树，又听见郑佳和别的狗撕咬，我一手攥着剪刀，急忙走出去瞧。只见院子外面，一条大狗和郑佳扭打在了一起，四个男的在旁边手忙脚乱。于是我赶紧快步走过去，大声呵斥，希望能把郑佳支开，但是狗咬狗不像人打架，撕咬的时候，是没有理智的，咬红了眼，任凭两边主人怎么斥骂，两只狗始终疯狂撕咬着左右冲撞，场面都是失控的。

郑佳冲撞之间，又被另外一只狗咬住了耳朵，只是这次不同的是，被咬住耳朵的郑佳反转脑袋同时也咬住了对方的脖子，我正束手无策，不知如何是好，对方狗的主人却毫不犹豫转身捡起一块砖，对准郑佳的脑袋，狠狠地砸了过去。这一砖带着憎恨，几乎使尽了力气，接着郑佳惨叫一声，就后退着，踉踉跄跄逃跑了。我当时一下怒了，情绪激动，怒道："有你这样拉狗的吗？"说完也回头找了块石头，冲着那条黑狗扔了过去。对方见状迅速冲上来，一人夺去我手里的剪刀，另外三个人拽着我的衣服，推推攘攘将我围住，感觉每个人都压抑着动手的冲动。直到郑佳被那条黑狗追到下面坡地，完全消失不见了，大家才都冷静下来。

那几个人虽是都在情绪上，但也知道这种事不宜多言，所以带着狗骂骂咧咧，就匆匆离开了。我对着远处的坡地下面大喊郑佳，不见踪影，过了很久，才看到它从远处，满脸血迹，快快地走过来。

那天看着郑佳额头上三寸多长的口子，情绪低落，想起之前的事，突然发现邻居小华的做法才是对的：两只狗咬架，唯一能做的，就是站在旁边看着，谁也不帮，任其咬死咬伤，因为胜败，总有一个结果的。而那个结果，的确应该是失败的一方，选择冲上去以前，就应该承担的。

和水有关

最满意的水池又裂了。

我用电脑算了一卦，说我火命，五行缺水。

刚住上来那年是很缺水的，几乎每个季节都有停水的现象，夏天太旱会停水，冬天上冻也会停水。春秋季节按说不冷不热，不该停水，但每逢下大雨，水源接口处就会被树枝、泥沙堵住，所以第一年在这里住，除了不习惯山里的潮湿外，吃水是最不痛快的。

我住得比较高，接近山顶，本来并不影响吃水，因为人和动物一样，最初选择扎根落户的地方，都必然是先有水的（不管多深的山，只要有房子，基本周边就会有股泉）。我们村也一样，在比我住处更高几十米的地方，有一个蓄水池，20世纪六七十年代的本地人从对面更高的山里，通过管道将远处山石夹道里流出来的山泉，引流到我们这座山上，流进那个蓄水池，最后分流到我们村每一家。

最早那个版本的引流管道，从对面山到我们这座山，大概有三公里，全是电线杆粗的水泥管道，一根一根靠人力抬上去的，工程量相当庞大。我曾经好奇，想走到源头看水源，磕磕绊绊，爬了一个多小时才到，并且也只是从山口到水源五分之一的路。想当初，这几百根成吨重的水泥管道，却全都是靠人力像蚂蚁搬家那样，从山下一点一点抬上去的，挺震撼。有时候想想，集权，也不完全一无是处。大多数我们看到的那些精美绝伦的艺术品，或者那些历史景点，巨大的宫殿、城墙、园林，都是集权的产物，只有在不计工本，绝对权力的语境里，才有可能产生那些令人敬畏的艺术品。

后来水泥管道年久失修，撑到20世纪90年代中期，差不多就完全废弃了，随之换成了拳头粗的塑料管道。我问房东，当年埋管道他可还记得。房东说记得记得，埋管子的时候，每家都要出劳力，挖沟渠、抬管子，男女老少都参与，将近一个月才完工。房东说，现在就没人愿意这么白出力了。

刚住下来那一年很缺水，几乎每个季节都有停水的现象，就是因为，二十年来，那个塑料管也是千疮百孔，有的是雨天泥土松软，被牛踩裂，有的是被植物的根给刺穿，所以总是被堵，一场大雨，泥沙俱下，我这儿就没水了。刚开始我不知道什么原因，以为这是物理性常态，突然没水了，突然又有水了。后来才知道，停水的话，只要有人过去把堵住的地方疏通下就行了。但就因为水源太远了，每修一次要来回攀爬两三个小时，所以没人愿意去。

很多年来都是，每次停水，我们村的人都按兵不动，相互观望，你等我去，我等你去，谁先渴得受不了了谁去。感觉谁撑到最后，谁就占了个便宜，以至于冬天停水，村民宁愿各自喝雪水，也不愿意去修，往往开了春，才突然来水。但夏天停水来得就比较快，各自观望三五天，渴得说话声音都变哑了，要吐血，实在撑不下去了，水就来了。

后来听队长说，政府早在六七年前，就把新的管子发下来了，但由于没人愿意出劳力，就扔在了柴房里。说当时动员大家埋新管道时，竟然有人问一天多少工钱，气得队长索性不再管。

给自己修水还要工钱，也就只有这个时代才有这种风气。

水少的时候，大家都很惜水，刚开始，我作为外来住户，在本来就爱停顿的分流池中，又接了一道水管，邻居似乎都不太高兴，三天两头，就把我的水管堵了。好几次，我以为是断水了，路过其他人家，竟然水流哗哗的，找了好久原因，才发现我的水管接口处被人堵了木棍。

真调皮，还爱偷东西，偷的都是些小东西，比如一些柴，或者忘了收进屋的农具，还偷鸡蛋，偷鸡。建 × 小时候就被偷过，后来被解救回来了。感觉在他们看来，叫“捡”或者“顺”更合理。只是被偷的东西虽然不值钱，但它却营造了一种不安全感，小坏就成大恶了。

其实就几户人，也都知道谁偷的，只是没抓到现行，也没法去理论。农村这种事情很多，记得小时候经常有婆娘在村口大骂，谁偷她家鸡蛋了。其实她骂的时候是有所指的，大家也都知道是在骂谁，只是那个偷鸡蛋的人假装不知道罢了。

刚住下来那一年很缺水，几乎每个季节都有停水的现象，直到去年，为了开发旅游，队长带领青壮年男劳力，花了两个月的时间，把管道换了，从那儿以后就没怎么断过水。但即便水量充足，长流，都溢出来了，我也很少明目张胆地过分用水，那太挑衅了。

“昆虫”研究

想起一个研究昆虫学的远房亲戚，前年过年的时候，回老家见过一次。那天，刚好一个表亲家里的老人过世，所有亲戚邻居都到了，我哥给我指着门楼下面斜靠门框站着的一位，有些秃顶，个子不高，看上去有点儿猥琐的油腻中年男子说："这个就是 ××，博士，研究昆虫学的，现在还没结婚，都成笑话了。"

我上中学的时候就听说过 ××，村里人的骄傲，那个时候他已经在读研究生了，那几年说起谁是研究生，就好像说谁谁在外地当局长呢，所以很有名。后来过了几年，又听说他考上了博士，但大家说起博士的时候，已经是一笔带过，没有之前那些年说起研究生时的骄傲了。

如今这个博士，研究昆虫学，挺冷门的专业。做研究的，都没什么收入，这些年一直读书，又木又呆，没钱不帅又没幽默感，女人缘肯定好不到哪去，总不能逮只虹吸式口器、丝状触角的鳞翅目幼虫取悦女生，又不是《生活大爆炸》。所以，长期压抑的性生活导致相貌也越来越猥琐。慢慢地，村里人就觉得这个“局长”一样的博士，也不过如此，自己初中没上完的孩子都比他赚得多。

在古代，知识分子的社会属性一般都和统治阶层绑定在一起，“研究生”相当于举人、进士之类的知识分子，博士，几乎等同于状元了，是产生官吏的基本，类似委员、候选人，是有可能进入权力阶层的一个群体，所以在百姓眼里，学历的价值等同于“当官的可能性”，所以敬重。但现如今“大学生”这个身份的泛滥，开始频繁地和找不到工作、廉价、辛苦、买不起房之类的形象绑定在一起，百姓恍然发现，知识分子的社会属性早就和权力脱轨了，而且连“财富”都和他们无关，甚至日子过得连自己都不如，于是终于放下敬重，肆意嘲弄了。

很现实，百姓自古尊重的都不是知识。所以没钱，又没媳妇，那一定就是农民眼里的最底层了，地位和那些家徒四壁的五保户一样。我们村判断谁有本事，就是谁在新疆开收购站，一年收入十几万，更何况，这个五保户还是个博士，忍不住都要笑出声了。于是每逢年底，外出打工的男人们坐在一起聊天，说到这个博士时，每一句都是轻视，家里人也不愿再提他。这个研究昆虫的博士，就这样渐渐地被所有人当作一个笑话。

那天，我哥指给我看的时候，他正斜靠在门框上，有人从门口过，他就笑着给人让让。院里院外，每个人都在忙，和多年没见的人打招呼，接送客人，婆娘们嗑着瓜子聊天，三五成群，唯独他站在那里，孤零零的一个人。他就那样站在那里，满脸善意地看着周围的人，那种善意，带着期待，带着一种自卑和沮丧的期待，尴尬极了。

我远远看着他，突然就觉得很遗憾。上小学的时候老师教我们，不要随大溜，现在看，不随大溜，对于一个人，作为社会性的存在太难得了，我们总是被外在环境的力量推着往前赶，即便知道是个坑。就像这个昆虫学的博士，在众人都看不起他的那一刻，也垮掉了。

一直认为，博士应该是相对清醒的群体，因为当下只有博士，才是

真正的精英教育，和好几个读到博士的朋友聊过，也都名副其实。而在我的理解里，一个人只要打通一门，基本就都通了。博士大概就是在自己所学领域，打通

了的人，所以总觉得，一个精神层面极其富有的人，不管外在环境怎样，都应该保持起码的清醒与理智。

好友绍勋也是个博士，在社会科学院做研究员，老婆孩子，柴米油盐，在房价比山高的城市，靠工资养家的生活，也很辛苦。更辛苦的是，在那个城市，内心的光亮像洪水一样，堵在胸口，无处安放。很孤独，而大多数时候那种孤独，不是因为没人分享，而是没有“共振”，于是，就只能写在诗里。所以绍勋的诗，始终透着一种孤独、柔软、清澈、璀璨的气质，像个孩子。

不被理解的孤独转化为作品，然后再依靠作品，将生活的辛苦转化为自负，孤独又自足，这就令人敬重。同样是冷门学科的博士，生活都很辛苦，但那个人垮掉了，绍勋却看起来依旧很干净，狂狷又内敛，孤冷又温润。

就像那天我斜靠在门框上，有人从门口过，我就笑着给人让让。院里院外，每个人都在忙，和多年没见的人打招呼，接送客人，婆娘们嗑着瓜子聊天，三五成群，唯独我站在那里，安安静静的一个人，看着眼前的这一切，想象着自己变成了一只挥动着透明翅膀的虫子，在人群中飞来飞去，最后停在一颗朱红色的纽扣上，眯起眼，晒着太阳。

老 高

——去年冬天，我在老高的房子里看见了那辆暗淡的自行车，用两条红塔山换了过来，放在了后院。

我们村走了老伴儿的孤零老汉很多，老高便是其中一个。老高一直住在深山，搬来浅山后，老宅子门口那棵腰粗的核桃树就没人看守了，所以每年老高去收核桃的时候，都被“驴友”摘了大半，老高一生气，上去就把那棵核桃树放倒了。老高以前养的鸡，每天也是跳过门槛飞到屋里乱扒一通，每次轰出去，一转身，就又钻进屋里，反反复复。鸡脑容量小，就是这么没底线，但老高很生气，抓住鸡，摁到门槛上就把鸡脚剁了。后来村里婆娘们都爱聊，说老高家有只鸡，没有爪子，是用两根棍儿戳在地上走路的，她们都觉得“特别好笑”。

老高有副墨镜，是两年前上山玩儿的一个老板给的，墨镜和车一样，象征着城里人的荣光，于是自打有了墨镜，老高就再没取下来过，吃饭、睡觉、提水、挖地都戴着。那段时间，很少串门的老高，几乎把附近几个村逛了一遍，每次我骑着摩托上下山，都能遇到老高戴着墨镜，背着手，满怀期待地巡山。所以每次我都会顺势表达我的赞赏："老高，墨镜酷得很啊。"然后老高每次都会酷得不知所措，咧着嘴乐，感觉要是有头发，一定会一甩发梢，谦虚地说：不酷不酷。

老高还有一辆自行车，十年前买的，二手的，八十元。可能跟墨镜的情结一样，自行车也是老高年轻时羡慕的荣光，所以那天买来后，一口气推到了山上。老高不会骑，但从那天开始，每次山下赶集，老高就推着自行车，步行一个多小时的山路到镇上。而整个上午，老高所做的，就是推着自己新买的自行车，从集市的这头推到另一头，再从另一头，推到这头，什么都不买，熙熙攘攘，想象集市上每个人能看见他和他自行车的目光。直到集罢，人渐渐稀少了，老高才又推着自行车，步行一个多小时的山路回去。

想起山下村子一个男的，穷了一辈子，终于买了辆车，一辆银色的五菱宏光，房东说那个人车买回来后，从来没开过，就放在门口，每天擦洗一遍，就像爱猫的人擦洗它的宠物，银光闪闪。房东说，三年了，车还是新的，从来没见他开过。

老高很懒，是出了名的。在这个劳动力比较吃香的年代，农村五六十岁的男性，很容易就能找到工作，养活自己。跟他年龄差不多大的，基本都有收入，只有他无所事事，常常饿肚子。其实如果将吃饱穿暖作为底线的话，工作真的不难找，给人搬砖盖房子，帮人看大门，多少都不至于饿肚子；再不济，种点粮食，也够自己吃了。勤快点，山里中药、野果那么多，只是用“捡”，每年都足够他衣食无忧。但老高懒啊，捡，都觉得麻烦。

其实“懒”，对我来说，是个中性词，惰性，人之本能，而本能都自带魔力，不用扶持，径自生长，而那些懒汉，只不过是懒滋生蔓延的过程中，没有修剪。我们老家就有个长荒了的懒汉，更刺激，叫“大皮套”（听名字就挺酷的）。大皮套跟老高年龄相仿，也是人模人样的，没有任何生理缺陷。大皮套有房有地，房应该是祖辈留下来的，离我家不算远，小时候我常从他家门口过，乌漆麻黑的，跟废品收购站差不多，堆满各种垃圾，但他家的地，自我记事起，就荒着。我妈说有一年见他种麦子，直接把麦种一把一把扬起来，撒到地里，第二天，全都喂鸟了。

大皮套自己从来不做饭，每天饿了，就到村里转一圈，垃圾堆里捡点儿东西吃，生活水平的波动，和村里节气变化差不多，逢年过节，也不缺肉味儿，很稳定，很常规。小时候常听大人讲一些健忘、傻子、懒汉的笑话，比如一个人健忘，媳妇让去买东西，记了一路，快到时摔了一跤，就全忘了。讲到懒汉，就说一个贼，半夜去懒汉家偷锅，第二天懒汉起床，发现锅变样了，跟新的一样，以为眼花了，原来贼把懒汉多年没洗过的锅巴给揭走了。很好笑，很民间。以前我看不起《笑林广记》里的笑话，觉得很尴尬，如今再看，实在经典。

有段时间，邻居利平在山下一家农家乐打工，给人帮忙烤鱼，生意很好，可怜老高饿肚子，就介绍老高过去打扫卫生。

扫地收盘子的活儿，干了两个月，老高就被辞退了，原因是老高每次收盘子时，都会把桌子上的剩菜吃一遍才开始工作。其实服务员吃剩菜很正常，但你可以端下去后背着人吃啊，邻座还有很多正在吃饭的客人呢，这边老高边收盘子边拿手捏着吃，太影响生意了。不过这还不是老高最终被辞的主要原因，主要原因是，老板花了六七千元买的一只名犬，让老高喂，一个月后，那只狗就饿死了。没错，饿死了。老高把给狗的菜，都自己吃了。

老高有个儿子，感觉像是虚构的。我是来山上三年多后才知道，老高，竟然是有儿子的（这事我到现在都有点怀疑）。后来邻居解惑，说老高的确有儿子，只是这个儿子是跟着舅舅长大的，跟老高没什么感情，因为老高媳妇走得早，养儿子的责任就落到了老高身上，但懒汉怎么可能被“责任”这么有重量的词语给束缚了，所以老高从来不管儿子，只顾自己，并且动不动就打骂，不给饭吃，后来孩子的舅舅看不下去了，才把外甥接走，抚养成人。

我第一次也是唯一一次，在老高身上看到他有儿子的痕迹，是前年深秋。那段时间老高很久都没来我这儿串门，讨烟抽，一两个月都没见人影。直到有天我下山，快到山口的时候，碰到老高背着一袋馒头往山上走，问他去哪儿了，他说儿子在北郊开的小面馆，最近缺人手，让他过去当服务员，打打下手，包吃包住，还给工钱。老高讲这些的时候，一脸春风得意，轻描淡写地说：“一个月一千多。”

老高确实有钱了，那个冬天还没过完，老高就没再出去过。一个月一千多元，两三个月，够花一段时间了，并且那段时间，政府给贫困户发米面油，有老高一份，让老高去领，老高都没去。老高才不需要那点儿施舍呢。

村里人都很难理解老高的世界，笑话老高，觉得米面油，白送的都不要，肯定是脑子进水了。他们不理解暴发户的行为，根本不懂有钱人的逻辑。暴发，指的是一种反弹，以前朝思暮想而不得的，现在多得能溢出来，那还不得好好表现啊。好不容易春风得意，必须痛快扬眉吐气。

老高从深山搬出来后，一直住着亲戚的房。这两年，山里外人越来越多，本地人却越来越少，我来的时候，老高那一排四户，到去年，就只剩老高一个了。前年秋冬在儿子那挣的三千多元，也早已吃空，老高重新回到那种食不果腹的常态，又戴着墨镜，在村里闲逛起来。

前段时间，我从老高家经过，发现院子里停了辆车，看到老高的房间敞开着，几个明显的外地人，在里面清扫，打听才知道，他们是新搬来的，这房，被租了。

很是诧然，难道这两年因城里人入侵，为了租金，亲戚不让他住了？那老高住哪儿呢？

半个月后，利平上来给我修水池，歇息的时候聊到老高，说把房租出去，是老高自己给亲戚撂的话，没人赶他。原来前段时间，老高被人介绍到附近一个养猪场打工，帮忙看门、喂猪（猪食太难吃了，肯定不会把猪饿死），养猪场的老板提供吃住，给老高一个月一千元，于是日渐消瘦的老高迅速东山再起。一个多月后，刚刚站稳脚，就又开始膨胀了，想着现在有吃有住的，完全没必要再回以前那间破瓦房了，然后一大方，就放话，让亲戚把房子租出去了。

这的确“壕”气，是要和过去划清界限的大手笔。但悲剧的是，老高没料到，这边刚宣告完自己今非昔比，那边就被开除了。原因是有天，养猪场的老板外套挂在椅子上晾晒，老高趁人家不在，就把里面的手机掏了出来，翻翻图片，打游戏玩，等老板发现手机不见了到处找时，老高才从自己裤兜里掏出来，还给老板。这太让人膈应了，虽然都能理解，老高只是单纯地好奇，想玩，不是偷手机，也肯定没有一点儿偷的闪念，但谁也无法接受雇这么一个让人没安全感的看门老汉。

然后老高就被开除了，老板要回手机后，果断要求老高滚蛋。村民说，真的脑子进水了，也不想想，当时有吃有住有工钱，往后能一辈子都在那干吗？一点儿后路都不留。但我倒觉得，老高脑子没什么问题，就是眼睛太浊了，目光短浅，后路，太模糊了，老高才没那么深邃的远见。

如今老高无家可归，在山下河道边，找了一个石头洞，临时住着。村里人串门聊天时，都在猜想冬天下雪，老高会不会冻死。但慢慢地，这个猜想就被否定了，谁也没想到，周末开车来山里寻找精神慰藉的城里人，竟然越来越多地停在老高住的山洞前，拍照片、合影，围观老高。他们都坚信，这个吃得简单，衣着朴实，青鞋布袜，少言寡语，住在山洞里的光头老人，是个“隐士”。

真好，秋天还没到，老高的春天就来了。

附录

终南山真的有五千隐士吗

问：在山上，一天的日子是怎么度过的？可以分享一下你日常的时间表吗？比如几点会做什么，每天必须要做的事。

二冬：早上赖床，起床，开门，喂狗、喂鸡、喂鹅，洗漱，做饭，吃饭，洗碗，煮点儿茶，喝茶。有太阳晒会儿太阳，没太阳宅在屋里听听音乐，写点东西，发会儿呆，一天很短。其实如果了解一个家庭主妇的生活，你就会发现，基本闲不住，一个家，太多琐碎的事要做了。而且我是那种每天要做的事只要超过三件，就会有压迫感的人，比如今天扫地、洗衣服和做泡菜，那么如果再加一件给花浇水，完了，我就会一件事都做不好。

问：中国自古就流传一句话说“小隐隐于野，中隐隐于市，大隐隐于朝”，对你个人而言，怎么理解和看待这句话呢?

二冬：繁杂而琐碎的环境是针，只要扎你，疼痛神经就会有反应。之所以这句话盛行是因为一个观念流行都是源于它有很厚的群众基础，因为能做到隐于野的人是极少的，而内心喜欢隐逸的人却很多。所以这个观念其实是那些想隐于野但又舍不掉市的生活品质的人意淫的产物。

问：终南山真的有五千隐士吗?

二冬：终南山可能有五千妖孽或五千神仙，但绝对没有五千隐士。

比尔·波特对“隐士”这个词的误解，是个很低级的常识性错误。想想看，如果在山里住的独自修行的出家人就是“隐士”，那别说终南山有五千隐士，嵩山也有五千隐士，华山也得有五千，武当山也有五千，普陀山也有五千，宗教这么盛行，全国起码不得有五百万隐士啊，搞得隐士平民化。（我敬畏钟南山上那些真正的修道者，他们可以是佛，是仙，但不是“隐士”。）

其实隐士这个词，是最不该被滥用的，因为我们从小就对隐士很了解，比如许由、巢父、竹林七贤、诸葛亮、陶渊明、王维、唐寅等这些耳熟能详的名字，而这些名字背后，都有一个共性，就是首先他们都是知识分子，没有和尚、道士、设计师，然后还得是名士，名气都很大，有名的知识分子，并且大才、大德或大贤，都配得上一个“大”字，很智慧，不进而退，以退为进，有主动性。所以一切有关隐士和隐居的判断，都能看出一个人的格局，因为在中国文化里，隐士这个身份，非常重，比大师都重。

问：山上每月花费多少？

二冬：三十元花不完，三千元不够花。

问：你的经济来源是什么？

二冬：我会画画，也会写诗，还会养鸡。

问：想问住在山里怎么谈恋爱？

二冬：我想你问的大概不是谈恋爱的技术性问题，应该是“住在山里除了桃树就是母牛，女朋友到哪找”？这个其实你有点儿钻牛角尖了，住在山里，既然能回你的问题。

问：人活着不单是自己，你家人、你的伴侣，以及你的未来，你怎么看？

二冬：《临济录》："欲得如法见解，但莫受人惑。向里向外，逢着便杀：逢佛杀佛，逢祖杀祖，逢罗汉杀罗汉，逢父母杀父母，逢亲眷杀亲眷，始得解脱，不与物拘，透脱自在。"

所谓杀父母是隐喻，杀是斩断。不被这些所牵绊，就没有痛苦。

当然，以上都是废话。

问：住山真的远离纷扰，没有烦恼吗？

二冬：我觉得纷忧烦恼和人自身有关吧？经常见到一些"驴友"，好不容易爬到山上了，坐在桃树下吃着泡面谈股票。自带纷扰。

问：面对住山的种种艰辛、不便，你是如何度过的？

二冬：住山有很多不便，但无所谓艰辛，就像现在下班时间你坐公交车往外看，很多人骑着电动车戴着手套、口罩，骑很远去上班，这么冷的天，每天一个来回。旁观者来看的话，很艰辛，但他身在其中，那是他生活的一部分。我倒觉得你们更艰辛，还要天天上班，不能睡懒觉。

问：吃饭买菜，日常用品如何实现？

二冬：靠背的。刚来的时候，菜是下山买的，每次背多一些，但没冰箱，所以只能背那种好存放的，土豆、茄子之类的。有时候想吃青菜，就找野菜下面条，槐树叶子我都吃过。现在好了，我自己种了很多菜。

问：虽然在地理位置上“置身世外”，但这并不妨碍你了解世道新闻。您会每天关注新闻吗？时政、社会、财经、娱乐，哪类更多？都市生活的哪些方面是你特别想避免的，或者您只是想保持距离远远观看？这样更有安全感吗？

二冬：我不关注新闻，只是重要的新闻，不关注它，它自己就会告诉我。比如，你一打开朋友圈，都是“友谊的小船在翻”，你就知道，这个肯定上热搜榜了。

而我对都市生活里最想避免的，恰恰是那些没用的“新闻”，信息量太大了，就像摘果子，我只吃那个最显眼、最大、最红的就够了。剩下的就让它们落地上。

问：住在山上需要习惯很多简陋的生活条件，比如高温、缺水、蚊虫等，你花了最长时间去忍受和习惯的是什么？

二冬：雨季吧，每年秋天有长达一个多月的连续阴雨，山里雾大，潮气很重。

问：如何接纳虚无感？

二冬：北方十二月正午，晒晒太阳，懒洋洋，暖洋洋。

问：你这里有手机信号，能上网，这很重要，你的生活没有刻意拒绝“现代化”。

二冬：这个很有意思，人都喜欢以那些表面的东西来做判断。就像很多人觉得住在山里，就要烧柴，隐居就要穿得像个仙女，所以招摇撞骗、唬人的，都会很在意那些道貌岸然的形式主义。但很讽刺，形式主义往往都很见效，因为人们又看不到真正重要的核心，比如面相和作品，所以外行看热闹，内行看门道。

生活也一样，用什么工具，住什么房，即便是“时尚”，对我来说也只是形式外衣。真正对我有价值的，是这个世界在我眼里呈现的东西。

问：你曾说，繁杂而琐碎的环境是针，只要扎你，疼痛神经就会有反应。所以，可不可以理解为某种程度上你也在逃避一些疼痛？

二冬：我觉得是“转身”更合适吧。就是你们不好玩，我不想跟你们玩了。大路有荆棘，我走小路，小路有花有草有野兔。

问：怎样的生活是对得起自己的生活？如何得到？

二冬：没有标准，就像每个人的喜好不同，每个人都有一个美好生活的想象。山水田园有些人就不喜欢，有人就是喜欢三室一厅，门口就是商业街。我爸就很讨厌农村，他的理想生活是住在城里，离地铁口很近。

问：目前家里养了多少动物和家禽了？你给它们取名字：建×、凤霞、郑佳、土豆，是相互陪伴的表现吧。

二冬：就像小王子给一颗星星起名字。给小动物起名字是为了更尊重它们，让一只鸡和其他的鸡不一样。你可以试试给你每天路过的一棵树起个名字，看到它的时候就和它打个招呼，慢慢你就会发现，它和其他树都不一样。

问：非常赞同：孤独是有存在感的瞬间。所以，在山上的日子，从清晨到深夜，哪个时间段，或者哪个瞬间最容易让你感到孤独？

二冬：偶遇特别美的震撼，手机拍不出来，诗和画都很苍白，又无法分享的时候。打个比方，你说你见到了一只凤凰，你想给人形容，可是所有人都觉得那不存在。可是你真的见到了，它飞走之前抖一抖羽毛，还看了你一眼。

问：谈到你的隐居生活被网络刷屏时的第二个原因，你说了“饥饿感”，是对什么的饥饿呢？

二冬：你看电影里，一般政治的、成人的、黑暗的、工业的、城市的，都象征着反派；而平民的、孩子的、阳光的、自然的、森林的，都象征着人类文明的光。那是因为人本身就是从草木和泥土里长出来的，钢筋水泥的环境待久了，本能就会对有花、有草、有田园的环境感到怀念，对那种远离虚荣、欲望和压力的，只要阳光和雨水和食物就很满足的生活，感到饥饿。

问：鸭跟鹅的区别是什么？

二冬：鸭是呱呱呱，鹅是嘎嘎嘎。

问：你说你不怎么读书，文字却写得好，这是天分吗？

二冬：我不读书，但我写诗啊。诗是语言的凝练，如果文学是刀，那么诗歌就是刀刃，写诗就是打磨刀刃。

问：在你的整个成长过程中，有没有给你帮助最大的一个人或是一本书，等等？

二冬：爱我的人和我爱的人教会我爱，万事万物都给我启发。

问：你觉得艺术是什么？

二冬：一种视角。

问：请问你理解的艺术是随意的，还是刻意的？

二冬：刻意显随意。

问：世界那么大，没想过去看看吗？

二冬：世界那么大，身边的精彩都看不完。

问：总待在山间与村里，怎么保持自己的创作灵感不枯竭？

二冬：莫兰迪，只是瓶瓶罐罐，画一辈子，还在不断喷涌。

问：你告诉大家极简、朴素和高级灰是美学的规律，在你用心布置的院落里，有实践到这个规律吗？你最满意的是哪一部分？比如一个盆景，或是一块桌布。

二冬：除了某个人，我会说她独一无二，一般物体我都不会觉得有“最好”，或者“最满意”的。另外其实还有就是，我并没有把这个规律当成作品，只是当成一种习惯。所以我对我布置的很多东西都没有带着欣赏的眼光，只是觉得，那个门帘，不好看，换成这个，舒服。

问：诗与画，在你的山中生活里，你会怎么定位它们？是对抗虚无的一种方式，还是保留自己世俗性的一种方式？抑或其他。

二冬：虽然我总是说我不喜欢画画，也不喜欢写诗，但写作、画画有时候还是有快感的，就像男人喝酒，婆娘们打麻将，是下午茶的糖，并且一屋子的作品，也刚好是存在的一种佐证。

问：你和自己的英雄主义和解了吗？

二冬：我现在在屋子里，画案前。炉子很暖，外面阳光很好，雪在化。你看，太阳一出来，压在枝头的雪，就化成了水。

图书在版编目（CIP）数据

鹅鹅鹅 / 二冬著. — 北京 ：中国华侨出版社,
2018.1
ISBN 978-7-5113-7336-6

Ⅰ. ①鹅… Ⅱ. ①二… Ⅲ. ①散文集－中国－当代
Ⅳ. ①I267

中国版本图书馆CIP数据核字(2018)第000725号

鹅鹅鹅

著　　者：二　冬
出 版 人：刘凤珍
责任编辑：付改兰
装帧设计：门乃婷工作室
经　　销：新华书店
印　　刷：北京市雅迪彩色印刷有限公司
版　　次：2018年3月第1版　2018年4月第2次印刷
开　　本：880mm×1230mm　1/32　印张：10.5　字数：218千字
书　　号：ISBN 978-7-5113-7336-6
定　　价：45.00元

中国华侨出版社　北京市朝阳区静安里26号通成达大厦3层　邮编：100028
法律顾问：陈鹰律师事务所
发 行 部：（010）82068999　传真：（010）82069000
网　　址：www.oveaschin.com
E-mail：oveaschin@sina.com